郷里

佐々木義登

Yoshito Sasaki

亜紀書房

郷里

もくじ

鈴の音

みどりの手を引いて寺を訪れるのは妻の祥月命日ばかりではない。斑猫《はんみょう》が見たいとたわいないことを言うので、夏の名残の照り返しに閉口しながら石段を上った。少年が斑猫を追って異界へと迷い込み、死んだ姉と再会する古い物語が娘の心に刻まれたのか。朱や群青や緑の斑が鈍く輝くのに大人でも目を奪われるのだから、近づいては遠ざかる姿を夢中で追ううちに道を見失うことがあるやもしれぬ。子供はしばしば鳥獣傍生《ちょうじゅうぼうしょう》に誘われて異界へ迷い込むものだ。物語の中で主人公は流離のすえ現世に帰ってくるが、実際には神隠しにあった子が生きて戻ってくるのは難しかろう。斑猫を追ったなら、みどりもこの世ならぬ場所をさまよい、異形の者の力を借りて母と再会するだろうか。娘は母と離れがたく、愛する者と異界にとどまることを選択する。そんなやり切れぬ思いにつけ込まれ、つなぐ手に力が入る。みどりの手は乳臭く湿っていたが一人前の弾力をもって私の指を握り返してくるのが妻の手の感触を思い出させ、木漏れ日のさす土の上に斑猫を探していた視線を我知らず娘へと戻すのだった。

妻の墓参りをすませてから、そぞろ山道へと向かう。蜩《ひぐらし》の声にあぶられ、草いきれのなかを進むと樫《かし》の森が現れる。みどりは太い幹に耳をつけて木の息吹を感じるのが好きだった。手を離して駆けていき、麦わら帽子のつばが折れるのも気にせず樫の幹を抱いた。どんな声がするのかと訊く私に、かざぐるまの回る音がすると答えて笑う。そう言えば縁日でみどりにかざぐるまを買ってやったことがある。生前母に仕立ててもらった浴衣を着て、私が無骨に締めてやった帯にも文句を言わず、熾熱灯《しねっとう》が輝く出店の間を嬉々として巡った。手に持ったかざぐるまが風を受けさりさりと音を立てる。鮮やかな羽の色彩が混ざり合って全く違う色を見せるのが奇妙なことにも自然なことにも思えた。

みどりの真似をして樫の幹に耳を当ててた。体内をめぐる血の音か鼓動に似たものを感じたが、木の息吹と呼べる類のものではなかった。みどりは耳を当てているが、聞こえているのではなくて耳を通して体の中へかざぐるまの音に似た何かが流れ込んでいるのではないか。樫の木の声を聞くみどりの様子を見ると思い出すことがあった。子供のころ聞かされたこんな話だ。

私が生まれる前に父は日露の役で出征した。長春郊外の氷点下の沼地を行軍していたときのこと、土の境を見誤り軍馬が氷を踏み抜いた。足をとられ抜け出せなくなったが人は寒さで体力を消耗し助ける気力も残っておらず馬が力尽きて沼に沈むのを見送るしかない。間もなく寒さで馬の心臓が止まり、沈んでゆくのを見ていると父の体が感電したようになった。一度は視界から消えた馬の思念が彼の体に突進し、体内を駆けめぐったのち背後のアカシアの木々を揺らして空へ走り去った。思念は消えたわけではなく、この世のあらゆるものに溶け込んだという確信を父は得た。不慮の死を遂げた馬の思念に駆けめぐられて精神に影響はなかったのかという私の問いには答えず、馬は生きて走った全き命の証と化して体を駆け抜け世界と一体になったと彼は言い、命とはそもそういうものではないかと話を結んだ。

私を飛び越しそんな祖父の血を継いでいるのだろうか。みどりは一本の樫の木の声を聞くと他の木の声も聞きたくなるそうで次々に木を抱いて耳をつけている。この若木は寂しく泣くの、この子はやんちゃだよ、などと木々と話すうちに斑猫のことは忘れてしまった。

里近くとはいえひと気がない森の中では、自分の呼吸と下草を踏む音以外にはまれに鳥のさえずりや虻の羽音が耳元をかすめるだけで、樫の根元に羊歯《しだ》や笹が生い茂り土さえ見えないのが、人ならぬ場所にいるという心持ちを一層濃くした。樫の呼吸する音に聞き入っていたみどりは不意に顔を上げて森の奥の一点を見つめる。何を見ているのかと訊いてみても返事はない。私には見えない何かと心を通わせるみどりを遠くに感じながら、ひょっとして母のこの世の名残を汲み取っているのだとしたらと、ありそうもないことを思ってみたりもした。するとみどりの視線の先の方から、ちりんと一つ鈴の音が聞こえたので、櫟の森の先の橡《つるばみ》や楢《なら》が点在するけもの道に目を凝らすと、人らしき影が一瞬左右に揺れたふうに見えた。みどりに動かないよう命じて、ゆっくり近づくとまたちりんと聞こえた。やはり人であるようだ。

旅の汚れをまとっているが編み笠に白装束のところを見ると、お遍路さん、それも老婆と思われる。大きな木の根方に腰を掛けている。大丈夫ですかという私の問いかけに頭が前へ傾いたのだが相変わらず根の上にひっそりと乗ったままだった。そのとき存外間近でまた、ちりんと来たのでたじろいだ。鈴の音は確かに老婆の金剛杖から発せられたが、彼女が身じろぎ程度しかしないので、晩夏の蒸せる夕にふさわしくない冷ややかな風が流れて私の首筋は泡立った。何処まで行くのですかと背後から声がする。私の言いつけをやぶっていつの間にかみどりが傍にいた。老婆がお遍路さんなら行き先は私たちが上がってきた慈妙寺ではないのか。または慈妙寺を参って次の札所に向かうところなのかもしれない。それにしてもまとう衣服が余りにも粗末で、ことによっては行倒れにならねばよいがと案じた。住職へ知らせに行くべきか。

老婆は依然として小さくうずくまっているのだが編み笠を深くかぶり、虫よけのためか顔や手にも手拭いを巻いているので表情も仕草もうかがい知れない。一方で何か訳のあるのをしつこく詮索しても迷惑であろうと、白髪の乱れなびく様子に目を奪われていると、どうやら歯のない口元がうごめいているのに気付いた。耳を澄ますが声らしきものは聞こえない。怪訝に思っていると背後からうめき声が聞こえてきた。振り向けば茫然と立ち尽くすみどりの口から発せられているのだった。読経のようでもあり、彼女の誦《ず》する声が高く低く速く遅く漂うのが祈りとも呪詛とも聞こえた。何者かがみどりの口を借りて言語以前のうめきやうわごとの連なりを発していて、それが森の中で読経めいて聞こえたのではないかとも思われた。完成された経よりも様々な思念で彩られたうめき声の方が、かえって気高いような気がしたのは不思議なことだ。いつの間にか声に聞き入っていた私は我に返り、みどりを正気に返らせようとあわてて肩をゆすった。まぶたの上に裏返っていた瞳がゆっくり戻ってきて、彼女は困ったふうな表情を私に向けて口をつぐんだ。読経がやむと森は不自然なほど静かになった。何を言っていたか覚えているか、と問うたら首を横に振るばかりだった。みどりのうめき声がそういえば老婆の口元に照応していたのではないかと思い当たり視線を戻したところ、はたしてそこには大きな根に乗った老婆の姿があったが、その輪郭も周囲の風景に溶け込んでいた。鴉《からす》が叫ぶように頭上を渡った。三間先の人の顔も定かに分からぬ黄昏時を迎えていた。

老婆がみどりの口を通して読経を読んだとして、私にはそれが忌まわしいこととは思われなかった。彼女もまたやむにやまれぬ事情があったのかもしれぬとみどりも感じているようだった。父さまそっとしておいてあげよと私の耳元で囁いたことがそれを如実に表している。我々は老婆と思しきぼんやりとした輪郭を見やりながら山を下っていった。来た時と同じように橡と楢の森を抜け樫の森に入ったところで一息ついて老婆がいたあたりを仰ぎ見たが、姿を見ることはできなかった。眼下に慈妙寺の鐘が見える。強く握りしめていたみどりの手が緩んだ。境内まで戻ったところで住職の声が聞こえたので本堂へ向かった。住職は五十がらみのよく肥えた温厚な人物だった。まあおあがりと我々を迎えて下女に麦茶を持ってこさせてくれた。お飲みなさいと言われて親子ともども一息に飲んだ。

私の説明を聞いた住職は神妙な表情になった。あんた方が行かれたあたり、今はけもの道になっているが、かつては裏遍路といってな、ゆえあって表の道を行かれぬお遍路さんが人目を忍んで参られるのや。ひと昔前まで裏を巡礼される姿はしばしば見られたものや。いずれにしても寺男を見にやらせましょう、と数珠を繰りながら言われた。もしやそのお方、ことによってはもうこの世のお人でなかったのやもしれんな。ご自身が成仏しとうて娘さんのお口を借りはったのか、私には判じかねるが。寺男に命じた住職は今一度私たちに向き直った。それにしても感覚の鋭いお嬢さんやと褒めるともなく言うのがいささか複雑な心境をもたらした。もしそうなら母親こそ娘の口を借りてでもひと目現れてくれまいか。病室の寝台でいまわの際までみどりみどりと繰り返しながら亡くなった鏡子の面影をまた脳裏に描いていた。私たちはお遍路さんのことは任せて寺を辞することにした。

和尚さんがおっしゃっておらはった裏遍路ってなに、と秋の虫が盛んに鳴く畦道を歩きながら娘が言ったが、私には詳細を伝えることができなかった。もし住職の言うとおり先ほどの老婆が深い訳のあるお遍路さんだとすれば、その無念さはいかばかりか。私には人の死というものが分からなくなってきた。死と生が対極にあるという考えには多くの人が賛同するであろうし肉体の滅びを死というのはたやすいが、この世で本当の死を経験した人が存在しない以上、誰一人死を説明することなどできはしない。とすれば死とはきわめて個的な問題ではないのか。各々が死というものをありありと感じ、認めることで初めて死となるというふうに。

みどりと二人家に戻ってくる頃にはそのようなことを考え始めていたが、夕餉の支度と風呂の準備に紛れて忘れてしまった。八つの娘は大人びた仕草で私を驚かす反面まだ一人で入る風呂を怖いと言って駄々をこねることがある。この日も仕方なく狭い湯船に交互に浸かっていると、ふいにみどりが母との思い出を語り始めた。三人で海水浴に行った時のことだ。何の気まぐれか鏡子がこんなことを言い出した。目に見えるものが聞こえて耳に聞こえるものが見えるとしたら、私たちに世界はどう現れるのかしら。妻はしばしばそんなことを口にして私と娘を驚かせることがあった。しかし存外彼女の思い付きを疎ましく感じることもなくて、寄せては返すさざ波の音を懸命に見ようと試みるみどりの姿を健気に思った。いかに目を凝らしてもさざ波の音は目に見えるさざ波を伴ってしか立ち現れず、みどりは最後にしびれを切らし、自ら波間に飛び込んで考えることを放棄するのだった。日傘を差して浜辺で我々を見つめる妻を私は何とか音にしようと腐心したが、やはりどのような擬態語も既成概念の内側から鳴り響く陳腐な音ばかりだった。少し理不尽な気持ちにとらわれながら鏡子に夏の太陽と青空と入道雲はどんなふうに聞こえるのだと問うた。妻は尻の砂を払いながら立ち上がり、苦笑いを浮かべて擦過音や鼻濁音を織り交ぜて甲高く叫んだ。それは私たちの言葉では表しがたい音の連なりだったが、光と空間の広さを表現するにふさわしい陽気でそれでいてわずかに不協和音を伴ったものであった。私はみどりの手を持って鏡子の声の前ででたらめに踊った。両手両足を指先までいっぱいに開いて大の字で跳び上がり空中で口を開いた。私の真似をしてみどりも全身を使って跳び上がるのだった。鏡子の叫びは音の高さやリズムが微妙に変化する。それがまた私たちの体の回転やねじれを誘発した。私とみどりはへとへとになって鏡子の傍らに倒れ込んだ。妻はゆっくりと娘の髪を撫でていた。私はその様子を見ながらラ行の音を低く組み合わせて唄ってみた。時折ハ行の音を混ぜるのがみそだった。娘を愛でる母の様子を表現したものだったが無粋な私では鏡子の響きには到底及びもつかない——。風呂場でみどりの髪の毛を洗ってやりながら、その時のことを憶えているかと訊いてみた。娘ははにかむような表情をした。私の浜辺での記憶よりもこの子にはもっと大事な母との思い出があるのだろう。

風呂から上がり夕餉の支度をしていると、叔母が麻の着物を着流して風に押されたように庭の方へ入ってきた。三千代という名前で五軒向こうに住んでいる。煮た蕗《ふき》を持ってきてくれた。妻が亡くなってから作りすぎた料理をしばしば届けてくれる。本当は多めに作って持ってきてくれるんやぞとみどりに言うと、おばちゃんええひとやのねと感心しきりだった。ちょっと上がりなしてと彼女に告げるが、すぐ帰るわと縁側から動こうとしない。台所のみどりに聞こえぬよう、あの件まあように考えといてと言い残して去って行った。あの件とは後妻をもらう話である。裏口から出て行く叔母を見送ると虫の音に交じって闇の中から時を違えた蜩の声が響いた。すぐ止んだが彼女の言い残した言葉といつまでも重なって耳の中に残った。

みどりが仏壇に供えて腰を下ろした。二人だけの夕餉を不自然に感じる時期は過ぎていたが、ふとした拍子に椀を手に娘が黙り込む様子を侘しく思うのだった。その夜は鯵を焼いたものに胡瓜の酢和え、味噌汁に叔母にもらった蕗の煮物が並んだ。みどりは練習したわけでもないのに箸を上手に使って焼魚を食べた。食べるというよりは身を削いで簡素な骨細工を作っているようだ。私が見た時にはいつも作業を終えているので、みどりがどうやって見事に魚を食べているのかよく分からないのが面白かった。骨細工が出来る様子を私はきっと見ることができないだろう。父さまお酌してあげると冷の入った徳利を持って殊勝なことを言うので、脇の下がこそばゆい気分になりながら猪口を差し出した。左手で袖を掬うようにして徳利を傾ける様子が鏡子の仕草に瓜二つで、そんな仕草までよく見ていたみどりに感心したらよいのか、否それは血のつながった母子ゆえのわざだと納得したらよいのか、いずれにしても咳払いともため息ともつかぬものをせっかちについては盃を重ねた。考えてみれば母の血を汲み上げて娘はこの世に形を持ったわけで、となれば妻の肉体はもはや現世にないがその血肉や知恵はしっかり娘の中に息づいていて、実体としては疑いなくみどりであると同時に鏡子の生きた証でもあるのではという思いが不意に湧き上がってきて、そんな当たり前のことにも驚くほどに感じ入って酒が腑《ふ》にしみるのであった。父さまの中には母さまはおらんのとみどりが言ったので、私は心の中を見透かされたように感じて顔を上げたのだろう。娘の口を借りた妻の言葉かと思ったが、みどりの素直な気持ちだったようだ。わしはみどりが母さんから生まれてこうして元気でいることがありがたいんや、と答えたが娘は複雑な笑みを口元に浮かべて酒を注いだ。話はそれで終わりだった。時を刻む時計の音だけがやけに響いた。みどりは椀や皿を盆に載せて流しに立った。私は黙って蒲団を敷き蚊帳を吊った。三人で寝ていた蚊帳の中に二人で入り床に就いた。団扇《うちわ》をゆるりと仰ぎながら横を見ると束ねられたみどりの髪が月の光に艶めいていた。この子が辛い気持ちにとらわれぬようにと思うのだが、気ばかり焦ってどうしたらよいのか分からない。

鏡子は獣のようだった。三日間叫び続けて精も根も尽きて亡くなる様子はみどりに見せられなかった。親類が見舞いに来たが見ておれんと言って去って行った。半年前までふくよかだった腰つきは失われ腕も胸も骨と皮だけになった。皮膚は和紙のようだった。鏡子の母と私が手を握り体をさすって看取ったが、人を恨むことも恨まれることもなかった物静かな鏡子のむごい姿を見ていたら世間を呪いたい気持ちにとりつかれた。妻にこれほどの不幸が降りかかっているのに何事もない日常が世の中にあることが信じがたく思われた。義母はいまわの際まで神仏に祈っていたが、娘がこと切れると拝むのを止めて手を握りしめ、二度と拝むものかとつぶやいた。それから常軌を逸したふうに嘆いた。過労から焼き場で彼女は失神した。私はみどりを抱いて耐えるのが精いっぱいだった。そんな日々が百日余り続いた。どれほど穏やかに寝入っても目覚めは苦しい。ただ鏡子の末期の姿を思い出すことは少なくて、見てはならぬものを見たような親族の表情が目前に現れたり、淡々と進む住職の読経が聞こえたり、焼き場の黒い煙のにおいを嗅いだ気がしてうめき声をあげて起きる。私の声に驚かされるみどりに申し訳ない。娘も時折蒲団を握りしめてうなされていることがある。そんなときは早く夢から覚ましてやろうと声をかけながら細い肩を揺り動かす。親類縁者からの励ましの言葉が私たちにはきつすぎるのかもしれない。

翌朝みどりを尋常小学校に送り出して、自分はいつも通り役場へ向かった。日々の仕事はとめどなく流れるが、昨日のことが気にかかり、上司に相談して早引けさせてもらった。風呂敷包みを持って出た屋外はまだ夏が残っていた。帽子を被り自転車で慈妙寺へ向かった。汗を拭きながら本堂へ入り挨拶をすると、ゆったりとした仕草で住職が現れた。お前さんが聞きたいことを私も言わねばと思うておりましたのじゃと彼にいざなわれて座敷に腰を下ろした。昨日のお遍路さんのことですやろ。私はうなずいた。住職の話はこうだ。私とみどりが辞してから寺男と共に早速裏の山へ明かりをともして見に行ったところ、椽の森の奥にはたして根を抱えるようにして息絶えたお遍路さんの姿を見出した。様子をうかがえば目は落ちくぼみ骨もあらわで、どうやら仏さまになったのは昨日一昨日のこととは思われぬ。成仏を願って手を合わせ、あわただしく巡査を呼びに行ったのだという。それから先は町医者も駆けつけ、検分や手続きが終わった頃には日付が変わっていた。所持品から仏さんはなんでも加賀の人らしいということは分かったが、名前や経緯はもはや詳《つまび》らかにならず、ただ亡骸は無縁仏として慈妙寺に葬られることとなったそうだ。

私は住職のもとを辞した。昨日お遍路さんを見た森へ足が向いた。欅の林を抜け椽の生い茂る中に入ると、心なしかひんやりとした。羊歯や笹をかき分けて入るが昨日の場所はよく分からない。森の中で息をひそめていると、自分が人間などというものではなく鳥や虫や木々と同じ重みでここに存在していることに気づかされる。一人で森にいるとそれだけで人である様々な証をはぎ取られる。その姿こそが本来の生身の人のありようなのではないか。社会の価値観や規範の及ばぬ場所であると思えば、何が起こっても不思議ではないし、何かが起こってもそのまま受け入れることもできようと、そのような思いにかられていたらちりんときた。昨日聞いた鈴の音と同じらしい。近くだがどこから聞こえたのか分からない。うつつかまぼろしかはどうでもよかった。ちりんと今度は耳元で鳴った。うなじに息のかかるような気配がある。振り向けば目の前にいるだろう。昨日の老婆であるというよりは妻の眷属《けんぞく》だと思った。吐息のかかる首筋に乾いたものが触れた。指がなぞるような感触がふいに皮膚を侵食して体の中に入ってきた。自分が寒天にでもなったようで、ずぶずぶと何かに入ってこられるのだ。うむを言わさぬものがあった。私の体に入ってきたものが私と重なったとき、映像が脳裏に浮かんだ。薄暗い森の中、木の幹が無数に見える。静かだった。まどろみがやってきた。途方もなく眠く体中が重かった。灰色の世界に覆われ波間をたゆたうようだった。誰かに言われたわけではないが、この後に訪れるのが死であると感じた。これが私の思いなのか私の中に入っているものの予感なのか分からぬが、快不快の感覚を超えて、さだめであると思えた。感情の抑揚はなく黒でも白でもない世界に覆われた。しだいに自分が自分の内にいる感覚が薄らいで不意に消えた。ろうそくの火が吹き消されるようだった。三途の河原もお釈迦さまもおらぬ、父から聞いた馬の話ともきっと妻の最期とも違う終わり方だった。次に気がついたとき私は大きな椽の木の根方に体を横たえて涙を流していた。何の涙か見当もつかなかったが世の中すべてに手を合わせたい気持ちだった。鈴の音とともに私に入ってきた何かはどこかへ抜けていた。あれは昨日の老婆ではなかったのやもしれぬ。この森はこれまでも幾度か訪れたことがあったが、このような経験は初めてだった。いや、今までは気がつかなかっただけで、古来逢魔が時の森の中とは多くの事象が現れたり消えたりする場所ではないのか。暗闇が迫っていた。山を下りた。

みどりは私が不在のとき叔母の家を訪ねることになっている。私が叔母の家に着いた時には夜になっていた。玄関先にみどりが現れた。私は夕餉をご馳走になることになった。叔母も子供のない家で夫に先立たれてからは、私たちと家族同然の付き合いをしてきた。鏡子が亡くなってから、その結びつきは一層強くなった。私とみどりの行く末を人一倍案じてくれている。それが私の後添えの話につながっている。相手は藍を手広く扱う商家の娘で高等師範を出ているが、夫が肺病で若死にし、子供にも恵まれずに実家に戻っていた三十過ぎの女性だった。二度ほど会ったが余計なことを言わぬ、ひっそりという感じの穏やかな人物だった。叔母に訊かれて大変よい方だと答えたら話を進めると言うので待ってほしいと重ねた。私自身そのようなことをまだ考えられないし、みどりの気持ちを訊かねばならない。しかし叔母の考えではみどりもこれから難しい年ごろを迎える、その時に男親一人では心細い、そうなってから後添えを探すのでは遅い。みどりのことを大事に思うのなら先々のことを考えておくべきだと念を押された。もっともなことであるようにも思われた。三千代叔母のお宅で食事の世話になりながら、みどりに向かって彼女がそれとなく話した。気立てのええ人に来てもらうのはどうだろうかと問うと、箸を止めてみどりは思案顔だった。ややあって、うち分からんと言ってうつむいた。娘に対して申し訳ない気持ちになった。八つの子供が何と答えられようか。私とて返答を先延ばしにしているというのに。小声で鏡子さんもなかなか安心できんなと叔母は言った。こんな状況がもう半年近く続いていた。みどりの手を引いて家を後にする時、自分は再婚したかったと叔母がつぶやいた。着物姿の足元に長年飼われた猫がじゃれている様子が、かえって侘しく胸に刻まれた。

家に帰って寝支度を整えながら、寺で聞いたことをみどりに話した。昨日見たはずのお遍路さんは実はとうの昔に仏さまになっていた。鈴が鳴ったりみどりが憑かれたふうになったのも説明のつかないことだ。今日も父はあの森の中で奇妙な経験をした。胸に空いた穴が人ならぬものを招いているのかもしれない。と言ったところで鏡子の笑顔が頭をよぎり後が続かなくなった。みどりは口を閉ざして身を硬くした。その姿を見るうちに心乱れてきた。みどりは母の葬儀の時も泣かなかった。幼さゆえ、ことの重大さがわかっていなかったのかもしれない、などというのは私の手前勝手な思い込みだった。目に映っていても何も見えていないことが骨身にしみて分かった。じっと蒲団を見つめてうつむいているが、みどりが引き絞られているようだと感じた。自分の身体でありながら思い通りにならないときにこそ、抜き差しならないものが宿るのではないか。平素言葉少なで不満も言わぬみどりの心のうちでは雨が降り続いていたのだろう。私は彼女を助けることも癒すこともできず隣で黙って見守るだけだった。みどりのことがまったく分かっていなかったことを反省しながら実は自分のことさえ何も分かっていなかったことに気付いた。日々の生活が鏡子の思い出と共にあって衣食住のすべてに鏡子の面影が息づいているのだと思えば、私たちは姿は見えぬが鏡子と共に実は暮らしていると言っても過言ではない。そう考えることは現実逃避ではなく、現実を受け入れて私とみどりが明日も明後日も生きていくためにむしろ必要なことと思われた。だとしたらことあるごとに到来する悲しみを我々は素直に味わいつくしてよいのではないか。未来に向かうために現実を亡き人と生きることに何の不自然なことがあろうか。

いつの間にかみどりは寝入っていた。夢の中でも悲しむのかもしれない。それでもよいのだ。みどりに蒲団をかけて床に就いた。きっとこの世もあの世もすべてはつながっていて境目などないのではないか。見えるものも見えないものも、聞こえるものも聞こえないものも、あるものもかつてあったものもみな同じ。万物はあるやらないやらそんなことを超えて大いなる運動の一部なのではないか。私もみどりも遅かれ早かれこの世を去り、存在したことも忘れられてゆくのだ。それも大いなる世界の営みの一部だと思えば、むしろ心穏やかな気持ちになるのだった。

ぼんやりと天井を見つめていたら我知らず眠りに落ちていたのだろう。何に反応したのか不意に目覚めた。まだ闇に包まれていた。聞き耳を立てた。背中が汗でぬれているのが分かった。天井を見上げていたが暗くて木目も見えなかった。ただ普段とは何かが違うと感じた。耳元で小さくちりりんと鳴った。みるみる肌に粟粒が立った。体を動かそうとしたが指を曲げることさえできなかった。目だけを動かすと横にうっすら影が見えた。寝ていたみどりが蒲団の上に正座していた。うつむいてじっと座っている。またちりりんと今度ははっきり聞こえた。みどりが闇の中でゆっくり顔を上げた。私の方を見て口を開いた。

花はあやまたない。花は迷わないから。

きっぱりと澄んだ声でそれだけ言うと体を横たえた。私はまた天井を見上げた。娘の言葉を心の中で繰り返しながら、何かが分かったような、むしろ何も分からないような、でも少しだけ微笑ましい心持ちになるのだった。

＊

様々な色合いの苔に覆われた表面は老いた動物の皮を連想させた。妻は気持ち悪いと言うだろうが特段不快感はなかった。たわしで墓石を擦りながら犀や河馬の背を一心に洗っているような気分で、妙に落ち着いてくるのだ。

大正時代に建てられた広いだけの家に老父が一人で暮らしていた。養子の自分が一人家を守っているのは複雑な心持ちだとつぶやいていた父の元へUターンしたのが五年前。以降、盆休みになると墓参している。徒歩で二十分ほどかけて四国霊場の一つでもある菩提寺を訪れる。寺の裏に墓所がある。雑草を抜き、墓を洗うと水をかぶったように汗をかいた。母のみどりは七年前に鬼籍に入り、祖父母とともに眠っている。

母が幼いころ祖母が他界し、今の私よりはるかに若年だった祖父が一人で母を育てた。生前、母は祖父母の思い出をしばしば話してくれた。この墓にも祖父と母は頻繁に訪れていたらしい。田舎の風景は容易に変わるものではない。私が見ている風景は八十年前に彼らが見ていたものといくらも違わないだろう。

墓参りをしていると、若い祖父と、幼い母の姿がありありと立ち上がってくることがある。だからと言って感傷に浸ることはないが、私の中でそれは特別な瞬間だった。その日も、一段落してから何とはなしに眺めた墓所と森との境目に人影を見た気がした。黒い影を負った年配者と見えたが人影はすぐに消えた。枝の影が見せる幻であったのだろうが、なぜか祖父と母も同じようなものを見たという確信が去らなかった。

桃

「ほりゃええことやけんど、あのひと、どんならんでよ」

八十をとうに越えているであろう老婆が発した声は、叱るようでもあり、あきらめがまじったふうでもあった。

「どんならん」頭の中を聞きなれない音がめぐる。

彼女は茶をすすり、えっすんとしぶきをあげてくしゃみした。私は手の甲にかかったつばを自分のズボンでさりげなく拭いた。

「あのひと」とは私の生家、曽祖父の代から続く寺田家の屋敷の離れに今も住む、私にとって叔母にあたる人物のことである。離れは、私の両親が結婚した際に建てられたもので、六畳が二間と簡単な炊事場、小さな風呂場もついており人間が一応生活できるつくりになっていた。叔母は私が生まれて数年後に離れを出て隣町の借家へ引っ越していて、数度出たり入ったりはあったと思うが、離れでかれこれ三十年近く生活している。

高校時代に母が死に、就職してから父も他界した。以降、徳島に帰省することはなくなった。生活することで手一杯、携帯電話の着信を気にしながら立ち食いそばを腹につめて得意先に向かう私の頭から「故郷」の記憶は抜け落ちた。

東京郊外の賃貸マンションに一人住んだ。環状線を走るダンプカーの排気ガスや埃に時おり息苦しさを感じ、六時に起床し十時に帰宅する会社勤めに疲労した。酒と煙草の量が増えた。いつもどおりに出勤したある日、道端で腹痛に襲われ倒れた。見知らぬ人が救急車を呼んでくれた。若死にした両親の血かとおののいたら、幸い大事には至らずという前置きで告げられた病名は胆石で、入院と胆囊《のう》摘出の手術が必要とのことだった。

病院のベッドから、長年暮らしていながら一度も落ち着いて見たことのない東京の空を眺めて過ごすうち、ふと故郷の水田や山並みを思い出した。三十二歳の秋だった。

叔母が一人離れに住んでいる以外、祖父母が生活をしていた田舎の屋敷は空き家である。兄弟のいない私は、いずれ徳島に帰り跡取りとしての義務を果たすようにと、子供の頃父から言われてはいた。私が戻っても、一応差し障りはないはずだ。近所の古い住人や遠い親類も気を悪くはしないだろう。必要ないときには思い出しもせず、切羽詰まると態度を変える、ご都合主義と言われれば返す言葉はない。

勤めていた会社にけりをつけ、年明けから何度か日帰りで生家に戻り、引越しの準備をすすめた。母屋は幼少期の記憶に残るおおよそのままの状態で、傷んだ一部の畳やふすまを替えたり、修理すれば住むには問題なかった。父が亡くなって以来、五年ぶりに会った叔母は口数は少ないものの、「どんならん」ようには見えなかった。詳しく事情を説明したところ、淡い感じの表情で、「ほらあ、難儀やったなあ。けどあんたがもんて来て高ちゃんも喜んどるわな。ええでよ、ええでよ」と父の名を出した。

三月半ばに帰郷した。徳島市から吉野川沿いに扇状地を扇の要に向かって二時間ほど遡った四国山地の麓の寒村である。見えるものは山と水田とまばらな民家、それだけだった。都心での生活からは考えられないが、私が幼い頃は家の前の用水路に無数の蛍が飛び交い、ヤマメが群れ泳ぐ姿が見られたものだ。

引越しといってもたんすと衣類、布団、台所用品だけ。東京暮らしの根の浅さを物語っていた。荷解きもそこそこに近所を訪ねた。引越し前に一通り訪問したが、なにぶん田舎の、老人ばかりの村なので菓子折りを持っての儀礼めいた挨拶は先決だろうと思ったのだ。

父の葬儀の際に親身になって手助けをしてくれた、祖母の妹にあたる鈴木ちよという老婆は、「おしめしとったあんたを子守したわ」と、茶色の瞳で笑った。

私が生家に戻って腰を落ち着けることを彼女は喜んでくれた。

「あのひと、どんならんでよ」と言われたのはこのときだった。

「まあ、たいしたことないじゃろうけんどなあ」

婆は帰り際につけたしたが、こちらは気にかかる。叔母は還暦をすぎた今でもひとり離れで生活を続けている。どうやって生計を立てているのか分からない。父の葬式のときは弱り果て、重病人のように臥せって顔も出さなかった。名をカズエという。カタカナである。若いころは別嬪でとおっていたそうだ。たしかに古い記憶の中の叔母は社交的で、一方で子供をたじろがせる艶っぽさがただよっていた。

四月、私は村役場に職を得ていた。田舎も不景気な上、年齢がネックになり、朝八時から夕方五時までのアルバイトとしてだった。他の仕事を探す余裕もないので即決した。来年は職員として採用したいと言ってくれたが、どうか。いずれにしても収入は手取りで月十二万円になる。

田もあるにはあったが、農業経験のない私が白紙の状態から始めるには無理もあろうし、何より土が弱らぬよう父が生前から五十アールの飛び地を近所の数軒に無償で貸して米を作ってもらっていたので、帰郷とともに返してくれとは言いにくい。本格的に落ち着いてから、ころあいを見てということになるだろう。それでも私は楽観的だった。なにせ家賃の支払いがない。これは大きい。収入も今より減ることはないだろうし。

環境は変わった。大げさではなくアスファルトとコンクリートから、土と木々への劇的な変化と言えた。排気ガスのにおいを嗅ぎながら生活していたわけだから、むしろ躊躇なくできるはずの深呼吸が、今はまだためらわれる。

仕事から帰ってくるとスーパーへ行く。葉の一枚一枚が画用紙ほどもあるキャベツ。捻《ねじ》れ伸びる腕に似たネギ。土まみれの野菜どもを自転車の前かごに入れる。重さでバランスを崩すので押して帰ってくる。日が暮れた頃自分で煮炊きした夕食を静かに食う。酒も煙草もやめた。九時すぎには床に就く。パソコンも携帯電話もない昭和のような生活だった。離れの叔母とは飼っている犬を散歩させているところに出くわして、時おり挨拶を交わす。

引越してから一ヵ月近く過ぎたある日、鈴木の大婆が不意に訪れた。

「どうで？　様子見にきたんじゃ」言いながら縁側に腰を下ろす。「男一人でなかなかしんどいじゃろ。ちゃんと食いよるんか？」

ビニール袋に入ったパックを差し出した。

「おみいさんじゃ。食べなはれ」

おみいさんは里芋、もち米、大根の葉などを味噌で味付けし煮込んだ郷土料理である。ありがたくいただいた。

「来週の日曜な、池田はんとこの法事なんでよ。池田はん、知っとるで？」

「いえ」

「池田はんは、嘉衛門はんの弟の音治郎はんが婿に入った先やけんな。あかの他人ではないんじゃ。まあ時間があったら行ったほうがええな」

「嘉衛門はんって誰ですか？」

「おまはんから見たら、どうなるんじゃろう。お祖父はんが嘉平はんやけん、ひい爺さんか」

早くも混乱ぎみである。狭い集落だから恐らく人口の半分くらいに血のつながりがあるのだろう。いずれにしても本腰を入れて住むのなら、そういう集まりには顔を出したほうがよいだろう。

「ほんで、どうするで？」

「え？」

「法事じゃ」

「ああ、はい。うかがいます」

「ほな、うちから池田はんに言うとくわ」

彼女はついでのように、「おまはん、もし暇やったら、うちの田んぼ、ちょっと手伝わんでかい。お礼はするでよ」と言う。承諾したら儲けものという感じ。気軽な様子を装って、「いいですよ」と答えた。「そのかわり米の作り方教えてください」

「おうおう、ほんなんうちの美津夫になんぼでも聞いたらええ」

老婆も請け合って交渉成立となった。今は人に貸してある田をいずれ返してもらうときに、鈴木の大婆一家に間に入ってもらい、円満に解決しようという計算である。そのときまでに米作りをおぼえておきたい。


翌週の日曜日、私は黒の上下を着、池田さんの宅へうかがった。庭に面した八畳二間を抜いた広間で、黒服の老人が大勢、緩慢にうごく様子は躍動感に欠け、不吉な気配がする。先日挨拶をした隣家の人に会釈しながら鈴木の大婆を探した。

彼女はすぐ見つかった。老人ばかりの中でも、ひときわ目立っており、煮しめたふうに座布団に鎮座する姿は妙に威厳が漂っていた。彼女はひらひら手を振り、私の両親と同じ世代と思われる池田さん夫妻を呼んでくれた。池田の旦那さんに挨拶すると、「おお、陽介くんよう来てくれた。高ちゃんの葬式以来じゃな」「五年か」「高ちゃんによう似てきたな」と立て続けに大きな声で言うので、周囲の老人たちが「おうおう」と話に加わって、私の話題で持ちきりになった。話は、父の死以来、徳島に帰ってこず、先祖や親を供養しない私に対する非難だった。四十九日を最後に法要もせず、墓は荒れ放題、あげくに累代の墓を関係のない隣地の人が親切で草むしりしてくれた件におよんで、正直、参った。弁解のしようがない。今後気をつけますと言おうとしたら、六十過ぎの女性があさってのほうを向いて聞こえよがしに言った。「東京から手のひら返したように田舎へ逃げてきて、なんでもわがの思い通りに行くと思うたら大間違いじゃ」

しんとなった。背中を汗が伝う。

「もう、ええじゃろう。これからしゃんとしてもろうたらええ」

見かねたのか鈴木の大婆が助け舟を出してくれた。私は彼女の小さな体に隠れるふうに座った。

九時を過ぎたころ庭に原付の音がして、外がざわついたと見えたら、奥さんが「ごじゅっさんがお見えになりました」と告げた。

読経が延々と続く。膝から下の感覚はすでにない。緊張と単調な音の継続で、ぼんやりしてきた。陽気がよいので開けられた障子の先、庭をじっと見つめていたら、叔母が横切った。

土間のほうでごつごつ音がする。黒い半そでのワンピースを着た叔母が肉付きのよい背を丸めて座敷に上がってくるのが見えた。裸足だった。髪の毛をアップにしていたが、うなじあたりがほつれている。

「出先からあわてて来たもんで、すんまへん」

言いながら末席に座る。淡々と流れる読経の中、壷の中の闇を並べたような参列者全員、みしっと身構えるのを感じた。私は誰とも目が合わないように顔を伏せる。

叔母は皆の前を通り焼香をした。黒いワンピースから伸びた裸足がたくましい。歩をすすめるたびに足裏へ畳が張り付いて、小さな舌打ちみたいな音がする。私の前を通るときに彼女の足の、手で言えば人差し指が異様に長いのが目についた。不自然なほど一本だけ長い。こんな指をもった人間を私は生涯で二人しか知らない。父と私の二人だ。

神妙な顔つきで池田さんの前でお辞儀し、叔母は土間を下り、小走りで外に出て行った。表面上は何事もなかったかのように儀式は続いた。

五月、私は約束どおり鈴木の大婆宅の田植えを手伝った。だが実際は婆の息子の美津夫さんに田植え機の運転の仕方、作業の段取りなどを教えてもらったのだ。

我々が作業をしていると、大婆が声を張り上げて歌うのが聞こえた。

「千両くれても妻もちゃいやよ、妻の思いが恐ろしい。やすのじゅうごが、わが牛に惚れた。それ見ておかあがりんきして、あわれじゅうごは丸裸」

田植え機の音にかき消されたが、歌は延々と続いた。

作業の後、焼肉までご馳走になった。私は大婆と美津夫さんと奥さんの伊智子さんから、ありがたい話と耳ざわりな話を聞いた。

大婆が私の嫁探しをひそかに画策してくれているらしい。美津夫さんは、「陽介くんの事情もあるやろうに、勝手に何を言いよるんで。かえって迷惑やろが」とたしなめる。大婆が「おまはん、歳なんぼうになるでかい?」と訊く。

「来月で、三十三になります」

「ほれ、見てみない。もうええ年じゃ、早うせんとどうするで」とやる気のようだ。私は苦笑いするしかない。

よくない話も聞いた。叔母の話だ。彼女がどうやって生活しているのかという私の疑問が発端だった。場の空気を感じて、まずいことを口にしたと思ったが遅かった。

「弱ったもんじゃ。ええ年して」

大婆が低い声でやりきれないふうに言う。美津夫さんはうつむいて頭を掻いて、かと思うとビールを立て続けにあおった。しゃべりに要領を得ない大婆に代わり、伊智子さんが炭化した肉を箸で突き刺しながら事情を口にした。

叔母は若い頃から、客をとるようなことをしていたらしい。二十代には実家を出て市内の歓楽街で生活していた時期もあった。だがひと所で腰を落ち着けるでもなく、決まった相手と身をかためるでもなく、三十代、四十代と過ぎてしまった。私の父が月々の生活費を援助し、素行を正すよう手をつくしたが、その度に家を出て、ほとぼりが冷めた頃状況を悪くして帰ってくる。現在でも古い付き合いの数人のなじみを頼って日銭を稼いでいるのだという。

「あんたのお父さんな、生前はカズエさんのことで、えらい苦労しはったんでよ」

美津夫さんが「いらんこと、言わんでええ。陽介くんには関係ないやろうが」と伊智子さんを叱った。

たいして飲んだわけではないのに帰る途中で気分が悪くなった。近くを流れる用水路に嘔吐した。吐きながら子供の頃、構えた網へ、竹の棒で魚を追い込んで一網打尽にした記憶が、真夏の光や蟬の声、清廉な水音とともに湧き上がってきた。

シャツで口元を拭《ぬぐ》い、体を起こして空を見上げる。無数の星が輝いていた。

数日後、仕事から帰ってくると、家の裏庭から煙が上がっているのが見えた。自転車を仕舞って裏に回る。花柄のワンピースを着て、裸足にサンダル履きの叔母が焚き火をしていた。月に一度、ゴミを燃やしているという。

「収集日にちゃんと出さないと怒られますよ」

卵の殻や紙パック、新聞紙を燃やしながら、叔母は自分の出したゴミを自分で処分するのは当たり前だと主張する。

「プラスティック燃やすと有毒な煙が出るらしいし」

「ええの、昔からこないしているんやから」

私は縁側に腰を下ろして、焚き火の様子を眺めた。叔母が在宅のときは放し飼いにされている雑種の老犬が近寄ってきて、しきりに手のにおいを嗅ぐ。皮のたるんだ頭や首をなでると、よろよろ離れてツゲの生垣沿いに尿をしてまわった。

背後から叔母の裸足をじっと見た。先日、法事に行った際に足の人差し指を見て以来、たわいもない秘密を抱えてしまった気分なのだ。

子供の頃、小学校で履いていた上靴が足に合わず痛い思いをしたものだった。飛び出た人差し指が靴の中で行き場を失い、いびつに曲がって収まっていた。人差し指の爪だけが次第に短く厚くなり、指の形は丸く固まった。特に疑問も抱かず子供時代をすごした私は、ある日父の裸足を見たとき彼の足指も同じ形をしていることに気づいた。母の足は違っていた。この事実は意外なほど心に刻まれた。

叔母の足の人差し指は、父や私と違いすらりと伸びている。本来あるべき姿だと言わんばかりに。他の指から関節一つ分飛び出し、シジミくらいの整った爪が乗っていた。

しばらく黙って焚き火を見つめていた叔母は炎に何か引き出されたようで、唐突にこんな話をした。

先の戦争が終わろうとしていた頃、彼女がまだ幼女で、父は小学生だった。祖父が出征した家は祖母と子供しかいなかった。それでもこんな田舎に空襲があるわけでもなく、ひもじいながらも何とか生活していた。ある夕暮れ、南の四国山地の奥から煙が立ち昇り、遠い雷のような音が聞こえてくる。何事かと見ると山をぎりぎりに越えて黒煙に包まれた飛行機がこちらに向かって飛んできた。飛んできたというより墜落してきたのだ。飛行機は山腹の寺を掠《かす》めながら不自然に旋回し、四町ほど先の田んぼへ突っ込んで炎上した。

「高ちゃんがな、うちを背負うて逃げたんよ。うち、恐ろしいて恐ろしいて、走る背中へ必死にしがみついとった。高ちゃんの背中は熱うて、ほなけんど力強うてね」

叔母は焚き火に枯れ枝を差し入れながら言った。記憶の奥を探っているふうな手つきに見えた。

「あのときの高ちゃんの熱い背中をいまだに忘れんのよ。あんたのお父はんは、ほんまに優しい人やったわ」

叔母の話す父は、私の知る父とは似ても似つかない。妹を背負って懸命に走る少年の姿が、時を超えて、いかめしい顔つきの父へ連なる。

叔母がバケツに水を汲んできた。くすぶる火に水を注ぐ。

「今週、親父の墓参りに行こうと思うてるんやけど、よかったら一緒にどうですか?」

彼女は白い煙をあげる焼け跡をじっと見ていたが、「うち、よう行かん」とつぶやくように言った。犬を呼んで元気なく離れへ帰って行く。

日曜日、私は墓掃除に出かけた。寺田家の累代の墓は寺から少し離れた山の麓にある。十坪ほどの区画に、誰のものか知れない五つほどの小さい墓石と、親や先祖の眠る大きな墓石がある。これは二十年ほど前に建てられたものだ。

雑草が所かまわず太く鋭い茎を伸ばしている。墓所が傍若無人に占領されたふうに見えた。早速仕事にかかる。

父は地元の高校の国語の教師をしていた。私の素行に厳しかった。中学一年のとき、繁華街のゲームセンターで友人と遊んでいて補導された。家に帰るなり父に張り飛ばされた。さらに病気がちで臥せっている母をもなじった。母は何でも責任を転嫁する父を蒲団の中から意見した。父は逆上し母に手を上げようとしたので、私が腹に頭から突進してひっくり返した。そこまでは威勢がよかったが、あとは一方的に殴られた。私の記憶の中の父は独善的で体面ばかりを気にする、度量の小さい人間だった。

十八まで徳島にいながら父からは叔母の話を聞いたことがない。先日鈴木の大婆宅で聞いた話は耳に入らなくて当然としても、小学校の低学年の頃会って以来、私は何一つ叔母の情報を知らなかった。家族を養いながら、父が叔母の生活も援助していたことなど知るよしもない。

深く張った雑草の根を一本ずつスコップで掘り起こし、午後の時間を使ってひたすら抜き続けた。線香を上げると夕方になっていた。

夕食を食べ終えた頃、庭から叔母の嬌声《きょうせい》が聞こえた。関わらないほうがよいと思い、知らぬふりをしていると、突然居間の障子が開いた。叔母が私を見て「甥っ子」と言った。こちらに向かって言っているのではないらしい。白いワンピース姿の叔母は酔っていると見えた。不意に叔母の後ろから見知らぬ背広姿の老人が顔を出し、「これ、よかったら」と指に引っかけた寿司折を畳の上にそっと置いた。「え、どうも」と反応するのがやっとの私に、叔母はにやりとしながら「ほなね」と言い残し障子を閉めた。足音は離れに向かった。いつも温厚な犬が今日に限ってしつこく吠える。

男が置いていった寿司折を開くと、やけに大振りな握りが右側に寄って入っていた。もらういわれのない土産だが粗末にはしたくない。醤油を落として勢いよく食った。私もいい年の大人のつもりだ。人のすることにとやかく言うまい。ただできることなら眠りが妨げられることだけはありませんようにと、誰にともなく拝んでみた。

満腹感を覚えながら蒲団に入ると、数日前に焚き火を見ながら言った、叔母の言葉が思い出された。

「あんたのお父はんは、ほんまに優しい人やったわ」

叔母の言葉に反するが、私が徳島を離れたのは父がいたからだと言っても過言ではない。母が亡くなった直接の原因は癌という病だけれど、不機嫌な父の存在で家の中は常にささくれていた。健康な人間でも気が滅入ってしまうほどに。少なくとも私はそうだった。母が死んでからは父と話をした記憶がほとんどない。東京の大学を受験したいと申し出、父は許可した。合格した私は東京で生活を始めた。以来、会話といえば大学卒業と就職を電話で報告したくらいだ。

父が倒れたとき、鈴木の大婆のところの美津夫さんから連絡が来た。すぐに帰りますと返事した。急いで帰らねばと復唱しながらもたつき、どうしても後に回せぬ得意先の仕事を終えてから、飛行機で帰ったときには父はこの世にいなかった。病室には泣き崩れた叔母と鈴木さんの一家がいた。あと二時間早かったらと言われた。

町役場のパートのおばさんが、「うちで作ってるの」と言って、胡瓜とトマトの苗を五株ずつゆずってくれた。

叔母が時おりゴミを燃やす以外、屋敷の裏は三十坪ほどの更地なので、ためしに花手毬が盛りの庭の端、三メートル四方を耕して植えてみることにした。上手くいけば来年は本格的に菜園に挑戦してみるつもりで。

二週間ほど育ててみて、夏野菜の生長の速さに驚いた。添え木を差したところ、幼児がすがって立ち上がるみたいに蔓《つる》が巻きつき伸びてきた。墓地の雑草には閉口したが野菜が育つ様子は目に楽しい。

水を撒いていたら表から私を呼ぶ声がした。出ると叔母が犬を背負って立っている。

「陽ちゃん、クロの腰が抜けた」

おろおろするのを玄関に招き入れた。散歩の途中に後ろ足の踏ん張りがきかなくなり、へたり込んだという。頭のほうははっきりしているようで黒目がちな瞳で私と叔母の顔を交互に見上げている。しゃがんでクロの足に触れてみた。前足はまだ自分で動かせるが痙攣していた。後足はしなをつくったふうに流れて、手で持っても反応がない。足を動かしていて股間に目がいった。睾丸がテニスボール大に赤く腫れていた。

隣町の獣医に電話で往診を頼むと、すぐに応じてくれた。カブでやってきた初老の獣医は症状を見て嘆息した。

「ジステンバーやなあ。もう、厳しいようですけん、覚悟しといてください」

注射を一本打ち、餌に混ぜる錠剤を処方して帰った。叔母は泣きながら腰の抜けたクロを抱いて離れに戻った。


夜中、離れが燃える夢を見た。

自分でも夢だと分かって緊迫感はないけれど、火のイメージが叔母の猥褻さから来ているのなら、叔母と見知らぬ老人との件を案外引きずっていたのだと思い至り、目覚めてから苦い気分におちいる。時計は午前三時を示していた。ふと見ると足元のガラス戸にオレンジ色の光が揺れている。飛び起きて、裏庭へ出る。いつもゴミを燃やしている場所で、叔母のシルエットが炎に揺れていた。黒々と煙が立ち、異様なにおいが鼻をついた。

「なにしとん！　カズエさん」

私は叔母の肩口を揺すった。

「危ないでしょうが。消防に通報されたらどうすんの」

思わず怒鳴り声になった。

激しく煤《すす》を巻き上げているのが、横たわった動物の輪郭を帯びているのに気づいてたじろいだ。たんぱく質がこげるにおいなのか、刺激臭で鼻腔がひりつく。

「シンダケン、ヤイトンヨ」

抑揚なく言う叔母の手を引いて炎から遠ざけた。

「ここで焼くことないでしょう。明日になったら山に埋めに行ったらいいじゃない。僕も手伝うから。一回この火は消そう。本当に消防車が来るよ」

叔母の目に光が戻り、私を睨みつける。

「なに言うてんの！　山に埋めたら可哀そうやろ。あほか！」

「そうかも知れんね。ほな庭に埋めよう。お墓を作ってあげて。それならいいでしょ」

「いやじゃ。お骨にして、うちがずっと持っとくの」

話が進まない。私は納屋に走った。バケツに水を汲んで戻ってくると、気づいた叔母がしがみついてきた。力の強さに踏ん張るが、よろめいて水をこぼす。声をあげて泣き始めた叔母を半ばあきれながら見つめた。

「分かったよ。もう火を消したりせんから、大丈夫やから」

私を摑む力が次第に緩まる。最初から穏やかに話せばよかった。もし近所から苦情が来たら私が謝ろう。とにかく火の粉が飛んで大事にさえならないよう見ていて。

叔母を縁側に座らせて、庭の端に墓を作って埋めることを明け方近くまでかかって説得した。

空が紫色におおわれる頃、炭だけになったクロにゆっくり水をかけた。激しく音を立てて煙とともに灰が舞い上がる。

埋めるといってもどこでもよいわけではない。炊事場の近くには井戸がある。反対側の花手毬や撫子が咲く庭のはずれに埋めることを提案し納得してもらった。トレーナーを泥まみれにして子供が入れるほどの大きさの穴を掘り、ビニールシートに載せたクロを移動して中に納めた。叔母は泣きどおしだった。土を盛って作業を終えた頃には日が昇っていた。

「カズエさん。僕は仕事に行くけんね。いいね」

繰り返してその場を離れた。手に持った土木用スコップの重さが耐えられないほど疲労していた。

職場ではできるだけ叔母のことは考えまいと思うのだが不安が湧いて出る。叔母がクロの遺体を抱いて泣いている想像を何度も打ち消す。終業時間とともに自転車を飛ばして帰った。離れに人の気配はない。犬を埋葬した裏庭に行く。土を盛った上に一抱えほどの石が置かれ、摘まれた草花が供えてあった。

風呂に入り、食事もとらずに寝た。就寝が早すぎたのか深夜に空腹を感じたので、冷蔵庫から残り物をみつくろって食べた。窓の隙間から離れを見たが明かりは消えている。叔母はいるのだろうか。再度蒲団に入ったが、今度は夜明けまでうとうとするだけで、逆に寝た気がしないのだった。

それからしばらく叔母の姿を見かけなかった。

六月のある朝、心配になって離れを訪問してみた。扉をノックして名を呼んだが返事がない。ゆっくりノブを回したが鍵がかかっていた。

夕方、野菜に水をやってから、足音を忍ばせて離れに近づいた。雨戸の閉まったままの六畳ある部屋に耳を近づけると、中からかすかに何かを擦《こす》るような音が聞こえた。おそらく叔母はいる。

離れをぐるりと回りこみ、トイレの窓に手をかけた。ちょうど顔くらいの高さにある小窓が開いた。蒸れた悪臭が漏れ出てきたのを不用意に吸った。窓を閉めて表に回る。かなり強い口調で叔母を呼びながら扉を叩いた。たわいもない錠前だけど、壊して入るには抵抗がある。どうしたものかと思案していると、中から「なんやの」と声がした。

「陽介やけど、どうしたんかと思って」

「ちょっと風邪ひいたんじゃ。たいしたことないわ」

扉の向こうから声だけした。

「大丈夫なん？　雨戸も一度開けたほうがええよ」

「ウルサイ」

しわがれた声がして、それっきり静かになった。


夜、風呂から上がってくると、叔母が冷蔵庫を開けて中を覗いている。離れを出て母屋に入ってきたのだ。

「どうしたの」

「高ちゃん。うち、お腹すいてしもうた」

勘違いなのか、父の名で私を呼ぶ叔母はやつれていた。

「雑炊でも作るから、こっちに座ってちょっと待っといて」

居間に座ってもらった。体からすえたにおいが漂っている。

一膳分ずつ冷凍しておいたごはんを戻して、卵を割り込んでみた。

そっと差し出す。熱いだろうに、さばさば音を立てて食べる。

「カズエさん、風邪はようなったの？」

叔母はうなずいた。

「そしたら、風呂に入っていったら。湯船にお湯張ってるし、ちょうどええわ」

しばし考えて、いやいやするように首を振った。

「ならお湯を使って体だけでも拭こう。そうしたら」

食べ終えた叔母は箸を置き、大きく息を吐きながら深々と頭を下げた。でも表情はうつろで、深い穴の中に自ら落ち込んでいるふうなのだ。そのまま彼女は黙って離れに帰って行く。

「お腹すいたら、また来たらいいよ」

背中に声をかけたが返事はなかった。

翌日、仕事の帰りに鈴木の大婆の家に寄った。挨拶のついでに最近の叔母の言動について聞いてみた。婆はああと大きな声をあげる。

「ほなけん言うたじゃろうが。どんならんぞいと。あの人な、あんたのお父はんが亡うなったあと、えらいことじゃったんやで。あんたは知らんじゃろうけど。離れで後追いしたんちがうか言うて、みなで心配して、大事になったんでよ」

薄暗い部屋の中で息を潜めて無為に時を過ごす叔母の姿を想像した。

「おまはん、あんじょう見てあげな。どんならんけんど、言うたら気の毒な人じゃ」

初夏の夕日をあびる野菜は腰の高さを軽く越えた。子供がじゃれるように蔓を伸ばしている。一株一株に水を撒きながら、この勢いがやや離れたところに埋められたクロから吸い上げたものではと思えて複雑な気分だ。

叔母の様子が気にかかる。水を撒いたあと、離れの様子を見た。何気なくドアノブに手をかけた。意外にクルリと回り、力を加えてもいないのに手前に開いてきた。迷いを押しのけ、顔だけ入れてみる。叔母の背中と同じにおいが漏れてきた。奥の炊事場へと続く廊下には人影はない。右手に六畳が一間あるはずだ。

「カズエさん、おるで？　陽介やけど」

返事はない。返事のないのは許可ではないが、かつての我が家に招かれた気分で、気がつけば、逆に引き込まれるように靴を脱いでいた。

ふすまを少し開ける。部屋の中は物があふれ足の踏み場がない。濃いにおいが鼻をつき、ほこりが舞っているのか、むせそうになる。衣類や生活用品とゴミが入り混じっていた。雨戸の隙間から差し込む光に目がなれるのを待って中に入る。

奥には六畳間がもう一つある。その前に立った。破れてめくれたふすまに手をかけて、叔母の名を再度呼んだ。「開けるでよ」言いながら、すべりの悪いふすまをゆっくり力を込めて横に引いた。

部屋の中は意外にがらんとしている。中央に蒲団が二組敷かれていて、その真ん中に叔母はいた。しおれた大きな白い花に見えた。シュミーズ姿で、寝ているのか起きているのか、はっきりしない。

隙間から差し込む細長い光を受けた胸元が艶めいていた。ゆらぐ光のそばに腰を下ろす。寝返りをうつ叔母の目が薄っすらと、しかし確かに開いて私を見た。一瞬結ばれた視線がほぐれ、「高ちゃん」と糸を引くふうに言う。

「調子はどうで」私の口を通し、本当に父が発したと思えた。

「うち寂しかったんでよ」叔母はつぶやき、座る私のひざに手を伸ばした。声に誘われ手が触れあった。硬い皮膚の内側が温かい液体で満たされた感触。

細い光が叔母の腹から生白い太もも、さらにその下へ伸びている。光るというより、とろと燃えるようであった。私はその熱を感じたくて光の筋を見つめた。

「こそばい」

触れてもないのに身をよじる。

放たれた足にそって伸びる光の先端が叔母の爪先へと近づいている。

「今度、足の爪を切ってあげような」

「恥ずかしいわ」

彼女は自分の発した言葉の恥ずかしさに耐えるふうにつぶやいた。

私は想像する。左手の人差し指と親指で一本ずつつまんで、右手に持った爪切りの冷やりとした切り口を当て、力を加える。

静寂に、ぱち、と音が響く。

「なんも恥ずかしいことない」

穏やかにゆるぎなく言葉が出た。

光は叔母の足先を照らそうとしている。一本だけすらりと伸びた人差し指の爪が光を集めて、あめ色に輝く瞬間を私はじっと見た。

「桃の缶詰が食べたい」

ふいに甘い感情を流し込んでくる。

「桃缶食べたいやて、子供みたいやな」

へへへとはにかむえくぼに触発されて、見たはずのない叔母の少女時代の記憶がよみがえってくる錯覚がした。日焼けした丸顔の少女に、カズエと呼びかける。父が私に記憶を被せているのか。叔母の描く兄の像が、私に思い出を見せているのだろうか。

「欲しいもんがあったら、何でも言うてみ」

「桃がええの」

「ほな今度、買うてこよう」

「あるんよ」叔母は隠し事を明かすみたいに指さした。

「今、食べたい」

私は半信半疑で離れの台所へ向かう。うつろな冷蔵庫の隅に缶詰が一つだけ入っていた。大きな金色の缶に白桃のラベル、賞味期限は数年前の日付だった。流しの引き出しにあった缶切りで開ける。半分に切られた桃が椀を伏せた形でシロップに浸かっていた。フォークを持って六畳へ戻ると叔母は両手で支えるようにして上半身を起こし待ちかねていた。

「食べさして」

「自分で食べたらええ」

「もう、好かん」

私は桃にフォークを深々と突き刺し、叔母の口元に近づける。音を立てて頬張るそばから首筋へシロップが滴《したた》った。

「ほら、こぼした」咎《とが》める私をうつむき加減に見る。光る唇を突き出した。

「高ちゃんも食べて」うながされ私も行儀悪く噛みつく。口の中で甘いかたまりが崩れる感触に震えた。

「うちも」ねだる叔母はのどをそらし、丸みを滑り込ませる。口まわりが汚れるのをむしろ楽しんでいた。
薄闇の中、二人で輝く桃を食べつくした。

ナイフ

日差しが石を照りつけていた。蝉がうるさく鳴いている。黒い男が入って来た。ちょうど居間にいた哲夫と顔をあわせた。表情の不確かな、影を顔につけたような男が菓子折を手に持ち、黒の背広を着て玄関先に立っている。

「坊っちゃん、おじい様はおられるか」

哲夫は祖父を呼んだ。現れた祖父は男を見るなり、台所の祖母のもとへ行くよう孫に命じた。黙って従った。割烹着を着て朝食を作る祖母のそばにいると、祖父がやってきて祖母に耳打ちし、またすぐに去った。祖母は黙って茶をいれ、居間に持って行った。直後、激しく物が倒れる音がして怒声が続いた。哲夫は客間に向かった。ふすまをわずかに開けて覗いた。白い開襟シャツを着た祖父が、黒い男に組み敷かれていた。祖母が叫びながら男の体を引っ張っている。男は、レンタイの……、浮かばれるか……、キサマはそれでも……などと怒鳴り、馬乗りになって祖父の顔面を殴打した。祖父の頭は男の言葉に大きくうなずくふうに動いていたが、白目を剝き、両手は突っ張ったままだった。開襟シャツに赤い飛沫が散っている。祖母は背広から手を離し、電話にとりついた。ふすまにしがみついたまま哲夫はへたり込んだ。ひとがひとを襲う様子を初めて見た。声をあげて泣いた。とたんにふすまが開いた。黒い男が立っていた。訳の分からないことを怒鳴った。哲夫は胸ぐらをつかまれ引きずられた。次の瞬間、体が宙に浮き、居間の障子を突き破って縁側から庭に落ちた。無造作に投げられたのだ。太陽の光と熱、蟬の声が降ってくる。目の焦点が次第に合っていった。山々のなだらかな稜線がゆっくりとうねる巨大な蛇の背のように見えた。以降の記憶がない。

気がつくと、祖母のほかに、隣人たちや、駐在の警官がいた。座敷に寝かされている。男がまだいるのではないかと不安で泣いている哲夫を祖母が抱いた。祖母のしめった匂いをかぎながら泣き続けた。

男は警官に連行され、祖父は病院に担ぎ込まれたことを後で知った。哲夫はその日のうちに迎えに来た父に連れられて家に戻った。

中学一年の時、祖父は病で没し、祖母も後を追うように亡くなった。あの黒い男が現れることはもうないと父親は繰り返した。だが哲夫の中で男の姿が消えることはなかった。目を覚ますと男が室内に立っている。無言で襲いかかられ、刃物でめった刺しにされる。叫び声をあげて初めて夢だと分かる、そんな経験を繰り返した。

黒い男に夢の中で追われるうちに、ひとの顔を正面から見られなくなった。穏やかな表情を装ってはいても、一たび剝がせば、みな獣ではないか。平素の表情こそが虚偽、ひとを傷つけることに何の呵責もない。抵抗しなければ一方的にやられる。哲夫は次第にそのような思いに囚われていった。

思春期になってから、床に就くとき枕元にナイフを置くようになった。親子四人、二間の長屋に住んでいた。父も母も寡黙で気の弱い人間だった。弟は小学校に上がる年になってもうまく言葉が話せなかった。押し入っても盗るものなどないが、その気になれば子供でも侵入できるようなあばら屋だった。夜中に男の影にうなされて飛び起きると、となりの部屋で母と寝る弟がむずかり、向かいの犬が狂ったように吠えた。自分に関わりなく、一方的に到来し命を脅かす存在。気配しかないのに逃げ切れない、黒い男が死神のたぐいに思えた。

高校に入学した直後、他中学出身の不良に絡まれた。二人の男子生徒に放課後便所に連れ込まれた。金を要求されたが黙っていた。一人が唾を吐き、おんどれ殺すぞと言って胸ぐらを摑んだ。やられると思った。哲夫の中で何かが裂けた。摑んできた生徒の顔面に頭突きし、ひるんだところを力の限り首を絞めた。別の相手が殴りかかってきたが、殴るに任せて絞め続けた。相手は力なくその場に崩れた。今度は殴ってきた生徒にタックルした。馬乗りになって相手の腕を両手でつかみ、肘の関節を逆に折り曲げた。プラスティックが割れるような音がして腕が逆に折れ曲がった。叫び声を後に残し、その場を離れた。顔や背を汗が幾筋もつたっていた。〝やられる〟という思いは去らなかった。職員室に行って担任に話した。首を絞めた生徒はすぐに意識を取り戻したが、もう一人は肘関節脱臼の重傷だった。入学早々停学処分になった。

報復される。確実にやってしまうべきだった。哲夫はおののいた。担任と両親から、怪我をさせた相手の見舞いに行って、謝罪するように言われた。言うとおりにした。その際も学生服の下にナイフを忍ばせた。もし何処かで彼らの仲間に報復されたら躊躇なくやろうと思った。しかし報復はなかった。手術を終えた生徒は病室にいた。制服の中のナイフをいつでも取り出せるように意識しながら謝罪した。彼は黙っていた。

家を出て学校に行けば不特定多数の人間に接しなければならない。不良の報復も必ずあるだろう。襲われたらやられる前に相手をやるしかないが、大人数で襲われたらひとたまりもない。そんな思いにかられ家から出ることができなくなった。

数ヵ月かけて親も含めた面談を繰り返した末、高校は中途退学、哲夫は上京することになった。父の職場のつてで、倉庫内での荷物の仕分け作業の仕事に就くことも決まった。

田舎を旅立つ二日前、母から金をもらい、衣類を買いに行った。シャツや、スラックス、冬もののセーターなどを近所の衣料品店で買って帰ってきた。香水の匂いのするリーゼントの男に家の前で声をかけられた。弟の名を告げられたので、違うと答えたら顔面を殴られた。気が動転していた。尻もちをついたところに三人の男が現れた。一人は哲夫が首を絞めて失神させた同級生だった。油断していたことを悔いた。その日に限ってナイフを携帯し忘れていた。男は持っていた金属バットを振り下ろした。頭にあたり澄んだ金属音がする。尖った靴で鼻を蹴られた。哲夫は仰向けに倒れた。とっさに背を丸めて顔を防御する。怒声をあびせられ、蹴られながら時間が過ぎるのを待った。衝撃が止んだ。二人が哲夫の身体を抑えつけ、ズボンと下着を引きずり下ろした。一人がナイフをペニスに近付ける。哲夫は叫び声をあげた。向かいの犬が狂ったように吠えた。その場に倒れた哲夫は一瞬気を失っていた。気がついたが体に力が入らず起き上がることができなかった。四人の男はいなかった。目だけを動かして自分の股間を見た。ペニスは竿の半ばでぱっくり裂けて血が滴《したた》っていた。ゆっくり尻に手を回すと、何かの柄が手に触れた。尻の穴にナイフを突きたてられているのだと分かった。不思議と痛みはなかったが震えが止まらず体が燃えているようだった。両親とも共働きで不在なので、狂った犬の飼い主に這って助けを求めた。小母さんが窓をわずかに開けて様子を見ている。目が合うと窓から消えた。

手術と入院で上京の日取りは狂った。医者が警察へ連絡するよう言った。母がもうこりごりだと答えた。腕をへし折った報いだと泣いた。二週間で退院した。布団を敷き、包丁を手に届く場所に置いた。一日中、外の気配を感じながら横になっていた。田畑や森に囲まれた閑静な場所なのに、世界は意外なほど多くの気配に満ちていた。砂利を踏む音、ひとの声と思われたものが風を受けた遠くのビニールハウスの音だったり、突然に降りだしたにわか雨の一粒目だったりした。夜になると母が自転車で一日分の食事を持ってやってきた。その音と気配が爆音のように聞こえた。母の声を聞くと、哲夫はひとの世界の気配に戻ってくる気がした。母は股間のガーゼと包帯を換えた。

冬になっていた。傷の癒えた哲夫は両親と弟に見送られてバスで田舎を後にした。新しい職場は巨大な倉庫だった。与えられた住居は東京の下町にあった。六畳一間のアパート。自分のことなど誰も知らない。仕事は性分に合った。無駄な話をする必要がない。ひたすら目の前の荷物の仕分けに集中した。仕事中は配給された制服を着ている。表情をなくして同じ姿をすると個の違いがなくなり、蟻とか蜂とかそんな生き物にでもなった気がする。立ち仕事なのもよかった。傷は癒えていたが、長時間座っていられない。朝七時から夕方五時まで働き、自宅に帰ればラジオを聞いたり本を読んで過ごした。金も少しずつ貯まった。二年ほど経って社員になることを勧められたが断った。給料は上がるが環境の変化に煩わしさを覚えた。

実家にいた頃の恐怖は薄らいでいた。だが就寝時、枕元にナイフを置くことは止めることができなかった。昼間もナイフは懐に隠し持っていた。ひとに襲われる夢は年に数回見た。通勤電車、吊革に摑まっていると、途中駅から男が乗り込んでくる。哲夫は丸腰だった。ゆっくり歩いてくる。内ポケットから銃を出して哲夫に狙いを定める。狼狽する彼の顔面に向かって至近距離から撃つ。ぱんぱんぱん。哲夫は飛び起きる。

休日は図書館で過ごす。大岡昇平、島尾敏雄、原民喜を読んだ。死地に向かう運命を抱えた人間や、原爆の廃墟を見つめる冷えた視線に胸騒ぎした。体験したことも、見た覚えもない世界に投げ入れられる気がした。焦燥感にかられ、汗が背中を伝った。先の大戦の記録写真は哲夫にとって特別な意味をもった。熱帯のジャングル、下草の中に横たわる泥にまみれた遺骸、〝兵士〟とか、〝人間〟とかいう名詞を剝奪されて、それそのものとしてそこにある。蛆があふれる口と鼻だけが生き物として旺盛に躍動している。嫌悪感はない。むしろ自然の摂理にしたがった当たり前のことに思えた。ただ感傷や願望が入る余地のない摂理の徹底ぶりに気圧《けお》された。戦後十八年経って生を享《う》けた。物心ついたときから戦争の影などどこにもなかった。だがあの日、黒い男がその影をひきつれてきたことは成長した哲夫にも分かってきた。自分が否応なく関わることを余儀なくされた世界を食い入るように見た。

夕方、図書館を後にする。帰りがけアパート近くのスーパーに寄る。上京してから酒の味を覚えた。酔いが自分の正体を失わせるものだと知った。ひとがひとであるために、なにものかになることを求められるのは煩わしい。私生活でも職場でも、それを避けてきた。一方で、自分にとって居心地のよい、なにものかがあるのではないかという仄《ほの》かな希望もないではない。だが今の哲夫には想像がおよばない。だから当座、酔って正体の定かでない存在になる。酔えば祖父も黒い男も未知の他人になった。かわりに、故郷の夕暮れや、弟のつたない言葉づかいや、田んぼの真ん中に立つ巨大なハム工場や、工場のそばを流れる濁った川を思い出した。国道の道幅ほど、血の匂いがするどぶ川には雷魚がいた。暮れ方、哲夫は幼い弟を連れて雷魚を見に行く。石橋の欄干にもたれて見下ろすと、水面に大人の片足くらいの影がうつる。姿に気づき弟が叫ぶ。雷魚は流れに頭を向け、わずかに体をしならせる。弟は叫ぶことで自分の存在を誇示している。雷魚に向かってというより、おそらく世界に対して。哲夫は拳くらいの石を拾い、弟の声に合わせて投げつける。魚の脇を石は泡を引いてかすめた。三発投げ入れた時、のっそり丸い尾鰭をひるがえして川下に泳いで行った。弟は何度も叫びながら雷魚を見送る。哲夫は弟の手を強く握る。


ある日、午前の仕事を終え、昼に菓子パンを食べていたら、突然、ラップに包んだ握り飯を渡された。

「そんなんで元気出んでしょう」

哲夫の実家と近いなまりだ。

配置場所が一緒なのでおのずと顔をあわせることになる、哲夫より一年遅れて入ってきた、髪が短く骨ばった感じの女だ。昼も食堂へ行かず、アルバイトの輪にも入らず、哲夫とそのひとだけが作業場の隅で食事をとっていた。初めて間近で顔を見た。六、七歳年上に見えた。返答に窮していたら、何度も促すので思い出したように礼を言って握り飯をもらった。

「あんたどこに住んでんの」

「江戸川」

「なんや、うち青砥《あおと》なんよ。近所やね」

気安いひとだと思った。

以降、時折、握り飯をもらった。しだいに話をするようにもなった。八木ノリコという名であることも知った。ミオという名の幼い娘がいる。仕事場に来ることもある。事務所で母の仕事が終わるまでじっと座って待っていた。訳あって母子二人、アパートで暮らしているのだそうだ。出会って三ヵ月が過ぎた。チャイムが鳴り、同じシフトの仕事が一斉に終わる。ノリコとは、どちらが言うともなく一緒に職場を出るようになっていた。途中まで電車が同じなのだ。混んだ電車の中で体を密着させながら女の匂いを感じた。ノリコは痩せた分大きい目で哲夫の顔を見ている。青砥で一緒に降りた。送っていくと言った。なによ今日に限ってと笑った。繁華街が途切れ、ススキの生い茂る公園を横切る途中で立ち止まった。夕闇の中、言葉のない躊躇いがたゆたった。ノリコの体を引き寄せた。

「かんにんして。でもあんたのこと好いとうよ」

所在ない哲夫と彼女はまた歩き始める。アパートまで送った。錆びたトタンの古い住まいだった。「今度、休みの日うちに来て。ご飯作ってあげる」別れ際にノリコは言った。

ほどなく深い仲になった。互いに平日が休みだったので、月に一、二度シフトを都合つけた。ミオが学校に行くと哲夫がアパートを訪れる。娘が帰ってくるまで肌を合わせた。ノリコの肉体が自分にとってこれほどありありと実感を持って存在するとは思いもよらなかった。乳首を吸い、乳房に顔をうずめて汗ばんだ匂いを感じていると、ひとというより何か別の、大きな存在に抱かれている気分になった。行為の後、ノリコは彼の裸を見て、傷だらけやねと言った。哲夫は毛布をかぶせる。とくに男根の傷は気付かれたくなかった。太いみみずのような跡が残っていた。ノリコが艶っぽい声で、してあげると言っても拒んだ。ノリコは昼に凝った食事を作る。酢豚を哲夫は好んだ。ノリコに作ってもらって生まれて初めて食べた。酢豚食べたことないやてうそみたい、とノリコは笑った。

ミオは骨ばった体に丸い顔の少女だ。白目がちな大きな目。哲夫のことを〝まがりのおじちゃん〟と呼ぶ。高校時代の一件で骨折した鼻が曲がったままになっていた。角度によってよく見ないと分からないがミオは気がついた。ノリコは曲がってないと言った。哲夫はそのことよりも二十歳の自分が〝おじちゃん〟と呼ばれることに抵抗があった。ミオが学校から帰ってくるとままごとにつきあった。ノリコがええかげんしいと叱る。ミオの寝る時間になると自宅に帰った。ノリコは彼を見送りながら、子供は恐ろしいほど見抜くのよと言った。

その年のクリスマス、ノリコのアパートで三人で過ごした。哲夫は雑貨屋でクリスマスツリーと電飾を、玩具屋でミオに魔法のステッキを、ノリコには小さな石がついたネックレスを買った。すべてが初めての買い物だった。ノリコは丸鶏を焼き、酢豚を作った。魔法のステッキは、テレビアニメの主人公の少女が持っているもので、ボタンを押しながら振ると極彩色の光を点滅させた。ミオが呪文を唱えながら踊るのを黙って見た。幸福という概念は出来事によってもたらされるものではないのかと哲夫は思う。ツリーも魔法のステッキも、ネックレスも酢豚も、各々はただそれだけのことでしかない。しかしひとはそれらを触媒にして、慶事という場に、幸福を招くのではないか。贄《にえ》を用意し、神事によって神を招くのと同じに。神事が行われれば神は到来しなければならない。同様に祝祭の供物が捧げられた場には、必ず幸福が到来しなければならない。だとしたら、自分のこれまでの不穏な過去は、結局この神事をしてこなかったというそれだけのことではないのか。自分の人生において行われた神事で用いられたのはナイフ、招いたのは厄災のみだ。思えばすべては、祖父と、あの黒い男の来訪に端を発しているのではないか。哲夫はプレゼントしたネックレスのフックをノリコのうなじに掛けた。彼女は鎖骨を浮かせて何度も鏡に写したあと鼻を赤くして泣いた。

年が明けた。年末から記録的な寒波の到来で、テレビではしきりに豪雪の情報を伝えていた。

元旦、ミオの手を引いて近所の神社へ三人で初詣に出かける。

哲夫にとってはそれも初めての経験だった。何かに祈ったことなど一度もなかった。参拝客の列に加わり一時間以上かけて神殿に立ったが、参拝の作法も知らなかった。ノリコを真似て礼と拍を繰り返した。祈らねばならないと思い手をあわせた。祈るということが分からない哲夫は、ノリコとミオのことをただ強く念じた。

ミオは大みそかに夜更かしし、元旦の初詣で疲労困憊したらしく、日が傾くと、炬燵に入ったまま眠ってしまった。ミオの寝顔を見ながら、手作りのおせち料理を食べていたら、ノリコが机の上に鍵を置いた。持っといて、いつ来てもええよと神妙な顔で言った。

「でも一つ約束して」彼女は続けた。「あんたいつも物騒なモン内ポケットに入れとるやろ、あれやめて。うちに来る時は物騒なモン禁止よ。約束して」

哲夫はややあって、分かった約束すると答えた。ノリコは冷酒をついで、静かな口調でここにいたるまでの母子の顚末を話した。十八の時、ミオを身ごもったこと、結婚した相手が事務所に出入りするような準構成員だったこと、暴力で脅され、風俗で働かされたこと、三年前にミオを連れて逃げだしたこと。「それでもうちのこと好きか」哲夫は黙って頷いた。淡い熱を体の芯に感じながら、ノリコの手のひらを握る。きゃしゃなのに皮が厚くて、成犬の足裏のようだった。体の奥は湿って疼いているのに、疼きの元になっている女の手ざわりが感情とかけ離れていた。自分の手のひらもきっと成犬の足裏のようなのだろうと思うと、〝惚れる〟などという艶っぽい概念があやふやになって、ただ各々が血のかよった一匹の動物でしかないと、そんな一抹の寂しさがよぎるのだった。

松が明けた頃手紙が来た。実家からだった。折にふれ母親と手紙のやり取りはあったが、上京してから四年以上帰っていなかった。内容は父の危篤を知らせるものだった。ひらがなばかりの字で、もうあきませんと書いてあった。翌朝、会社に行き、社員に事情を話して休暇をもらった。出がけにノリコへ次第を説明した。飛行機を使って夕方、実家に戻った時には、父の意識は混濁していた。哲夫が枕元に座って声をかけたが、うっすら目を開け微かに笑んで、おおと言っただけだった。まだ五十代後半のはずなのに、頰がこけ八十くらいに見えた。時おり意識がはっきりするが、大概はこんな感じなのだと言った母が、袖を引っ張って土間にいざなった。三ヵ月前に腹痛で病院に行ったら既に手遅れだった。父親がどうしてもいまわの際までお前に知らせるなと言ったと告げた。弟は十一歳になっていた。別れた時が七歳だったので、会話がないと初対面のような気がした。声をかけたが、気分が塞いでいるのか、まともな言葉が返ってこなかった。

その夜、母と弟は次の間で、哲夫は父のそばで寝た。眠れないので父の様子をうかがいながら横になっていた。深夜、のうのうと声がするので、「どなんかしたんか」と声をかけた。父が近くに寄るように言う。「お前に言うとかないかんことがある」暗闇で表情はうかがえなかった。

「お前のおじいのことじゃ。お前のじいはな、ようないことをした。戦争の時じゃ」

哲夫は黙って聞いていたが、父の耳元に口を近づけてささやいた。

「無理に言わんでもええ。もしおじいがようないことしたんなら、おじいの口から聞くのが筋やろう」

「けんど、わしらはおじいの身内やけんのう」父はかすれ声で言った。

「もう、ええ。わいなあ、所帯をもつことになりそうじゃ。今度、嫁を連れてくるけんな。おとうに逢うてもらうけん、元気になってくれ」

しばしの沈黙のあと、父は笑みを浮かべて、ほうかと言った。「お前が嫁とるんか」父はほうかと繰り返したあと、すまんのうと呟いた。

翌日容体が急変し、二日後、息を引き取った。葬儀には近所の人間が数人訪れただけだった。身内と呼べるのは、家族だけだった。哲夫は父が灰になるのを見届けて田舎を発った。母には月々いくらか仕送りをすると約束した。東京に着いたのは深夜だった。自宅に戻り床に就いた。その夜、枕元のナイフを仕舞った。思いのほかすんなり眠りに落ちた。

東京に戻って最初の休日、哲夫はいつもより早く起きた。きつい冷え込みだった。鈍色の雲が重く垂れこめていた。彼はダウンジャケットを着て家を出た。電車に乗って初詣に行った神社へ向かう。

鳥居をくぐり参道を歩き、社殿の前に立った。賽銭を入れ、初詣の時に覚えた拝礼をし、初詣と同じことを念じた。裏に回った。欅の巨木がそびえていた。人気のないのを確かめて、胸のポケットからナイフを取り出す。十五の時から持っていたナイフだ。ノリコにもとめられてからは身につけることは止めたが捨てることはできなかった。哲夫は欅の根元にナイフを突き刺し土を掘った。手がかじかんだ。手のひらほどの穴の中にナイフを置き、土をかぶせて足で踏み固めた。欅にもたれると、境内のはずれの土手に真っ白な花が群落をつくっているのが目についた。ひざ丈ほどの細長い茎の先の、小さな花が風になびいていた。近づいてみると、札に「水仙」と書いてある。可憐な存在に自分の卑しい秘密を見られて後ろめたいが、証人を得た気分で面はゆい。空がこらえきれず大粒の雪を落とし始めた。

哲夫は神社からノリコのアパートへ向かう。着く頃には雪は本降りになっていた。ミオを送りだしたような顔のままのノリコに迎えられた。扉を開いた彼女は降りしきる雪に気付いた。わずかの時間、目の焦点がずれたふうに雪と哲夫を同時に見つめている。自分がノリコを訪れたのに、これではノリコのほうが雪を従えた自分に招かれたようだと哲夫は思う。

彼女と肌をあわせたあと、三人で一緒に住もうと切り出した。ノリコは雪に煙る窓の外に目をやりながら本気かいなと笑った。本気やと哲夫は言った。

「ただ、ミオが心配やけど」

「あの子はあんたのことすきや」

布団の中でノリコを抱きながら、三人で家族になるのだと思ってみた。ミオに〝おとうちゃん〟と呼ばれるところを想像した。

「ミオにはそれとなく言うてみるわ」

ノリコはお昼作ると言って布団から出て下着をつけた。哲夫は布団の中から降りしきる雪を見ていた。哲夫は時おり世界の広がりを感じて途方に暮れることがある。晴れ渡った秋の早朝とか、会社のビルの窓から見える、果てまで続く民家の屋根やそんなものに。しかし雪が降ると世界は白で埋め尽くされる。広がりを目の当たりにして途方に暮れることもない。雪に降りこめられて小さな空間で小さくなってすごすのは気持ちが安らぐ。哲夫は台所から聞こえる食器や鍋の煮立つ音を聞きながら、毛布の中で小さくなるうち、うとうとした。

いつしか薄暗い熱帯の密林を歩いていた。見なれない巨木の群落で日が遮られている。灌木や下草が密生している中をかき分けて歩く。足元はぬかるんでいた。森の中、自分は一人だった。何かに焦っていた。早くしなければと、しきりに思っている。どこかへの到着を急ぐのか、何かから逃げるのか、焦りの元が分からない。ぬかるみを蹴る足の動きだけは早まる。そもそも自分はいつから歩いていて、いつまで歩き続けるのだろうか。哲夫はふと視線を感じる。背後の気配、わき腹に痺れが走る。おぞ気がたち振り返る。密生する木々の間から狙われている。錯覚とも第六感ともつかないが、「森から生きて出られない」そんな思いが〝さだめ〟のように頭の中におりてきた。この招来は何なのか。哲夫は草をかき分けながら考える。「いまわの際」とか「半死半生」などというが、生きている人間に使われる言葉だ。いまわの際は死んではいないし、半死と言っても半分死ぬことはできない。死は絶対で、微かでも生きていることとは違う。しかし何ものも逃れられない。生きていることは骸《むくろ》とは違うが、必ず最後は骸になる。そしてばらばらになって消える。生と死は、表裏であって一体なのか。密林を歩き続けている自分も、結局は骸になるために歩いているのだ。しかし今は骸ではない。骸ではない自分は、そうなるまで生きていることに没入するのだとも思う。生き物を食い、眠り、排泄し、歩き、期待し、絶望し、悶え、こと切れるまで命のあることを味わう。〃さだめ〃という言葉がまた脳裏に浮かぶ。煩わしいとも感じ、またやむを得ぬとも感じる。哲夫はジャングルを歩き続ける。

寒さが和らぎ始めた頃、哲夫は母子の2Kのアパートで共に暮らすようになった。私物は、段ボールひと箱の衣類と、段ボールひと箱の本と、布団、それだけだった。ノリコのアパートは会社が借り受けた物件で、社宅のように使われている。家賃も安い。折半して、母と弟への仕送り分を捻出した。

小学三年生になったミオはこれまでと変わらない。哲夫はしばしばおんぶをせがまれたり、ままごとの相手をさせられる。

〃まがり〃がとれて、ただの〃おっちゃん〃になった。最近は〃おっちゃん〃とも言わず、ただ〝ねえ〟と言ったりする。そんなとき子供の甘えとは微妙に違うなまぐささを感じて哲夫は返答に困る。八つの女児の艶に膝をつかされている気分がして愛想よく返事できない。

夜は川の字に床を敷いた。哲夫は闇の中で母子の様子をうかがう。ノリコは動物のように眠る。彼女の本体はきっとこぶし数個分くらいなのだけど、本当の大きさではおぎないきれないという感じで、力なく肉がはみ出したまま眠っている。ノリコの寝姿に泣き笑いに似た愛おしさを感じる。ミオはひっそりという感じで所在なく眠る。眠ると実体まで失われたような寝かただった。ミオの気配をうかがいながら、気配を捉えられない。不確かさの靄《もや》を抱いて哲夫は眠る。

春の宵、仕事を終えた哲夫とノリコはミオを連れて近くの神社の祭りに行く。あふれんばかりのひとが石造りの鳥居の下をくぐっている。広大な敷地の境内に夜店が数多く出ていた。

境内のはずれに見世物小屋があった。極彩色の看板に、長い髪の乱れた女の絵が描いてある。生きたまま蛇を食う。客引きが大声をあげる。ミオが入りたいと言う。ノリコがあかんと叱った。ミオは言うことを聞かない。「五百円、お子さんでも大丈夫」客引きがこちらに向かって笑いながら甲高い声をあげる。むっつり黙ってしゃがみ込むのを引きずって行こうとするノリコを哲夫はたしなめた。

「あんた、この子に甘いわ」

哲夫はミオの手を引いて小屋に入った。ノリコは外で待っていると言った。

中はむしろを敷いただけの掘立小屋だった。四十がらみの前髪を切りそろえた女が出てきた。真っ赤な襦袢を着ていた。にたにたと笑っていた女が袋から小さな蛇を取り出し、しごいたり舐めたりした。楕円形の頭の根元あたりに噛みついた。頭を噛みちぎり、血を飲み、体を食った。蛇は首のないままのたうち回った。

女の〝病み〟が過度に演出されただしものに見えた。食うという行為が、これほど病んでいなければならぬことへ哲夫は違和を感じた。むしろ何でも食うのはひとの性《さが》ではないのか。自分も生きたまま蛇を食う様子を想像した。蛇といわず、蛙といわず、蜥蜴《とかげ》といわず、蚯蚓《みみず》といわず、生きたままをつかんで引きちぎり噛みしだき嚥下《えんげ》する。それが異常な行為とは思われない。やむにやまれぬ食う行為は息苦しいような、悲しいような感情を湧き立たせる。本来、命をつなぐことは、息苦しい、悲しい、どこか諦念を抱えたものではないのか。

隣のミオを見ると、幼女は母に似た大きな目を見開いている。凝視と言ってもよかった。この子は成長したら母親にではなく蛇女に似るのではないかと哲夫は思う。幼さの裏にまだ隠されたミオの本性的な部分が刺激されているのかもしれない。そう考えると、自分が蛇女に感じた〝病んだおこない〟という印象も、病み自体が女の持つ業のようにも思えてくるのだった。蛇女は食うことを見せるのではなくて業を見せていたのだとすれば、それもきっと食って命をつなぐことと同様に、本性的な息苦しさや悲しみを抱えたことだと思えた。ミオも蛇女と同じような業を、隠し持っているのではないか。生理現象をこらえられないように、この子もみだらなそれをあらわしてしまう瞬間をいつか迎えるのではないか。

小屋を出るとノリコがどうやった、とせわしなく聞いた。ミオは面白かったと恥ずかしそうに言う。哲夫はミオの顔をこっそり見た。

三人で夜店を見て回った。ミオは買ってもらったリンゴ飴をかじった。

その夜、哲夫はどうしても寝つけないでいた。ざわめきの出所を探るとどうやらそれは蛇女の熱のようなもので、女の噛みちぎった蛇の首と、そこから流れ出た生き血の赤が、真っ赤なリンゴ飴をかじるミオの満足げな口元に重なって、なまめかしく動く少女の唇から洩れる甘い息を、絶えず顔にかけられている気分になるのだった。

寝床から体を起こし居間を出た。ふすまを閉め台所で水を飲む。時計は午前一時を指していた。食器棚の中の小さな古いテレビの電源を入れた。音を消して画面だけを眺めた。派手なジャケットを着た司会者がせわしなく口を動かしている、深夜のバラエティ番組が流れていた。母子と住むようになってから時おりテレビを見るようになった。実家にはテレビがなかった。一人で暮らすようになっても買わなかった。緩慢な世界に慣れていた哲夫は、画面の中からとめどなくやってくる喧騒を煩わしく同時に興味深く見た。人間が関わるものすべては商品で、その広告によって生活が成り立っているということがよくわかった。ひとがつくった消費の歯車は手に負えぬほど膨らみ、やがて目に見えない巨大な渦になって、無数のひとを巻き込み続ける。CMが終わって新しい番組が始まった。「前線」という文字が見えた。モノクロの劣化したフィルムで荒れた斜面を歩く軍靴がアップになった。苛烈を極め、極限状態へと追いやられた、太平洋戦争末期の南方戦線が当時の映像と共に伝えられた。画面が切り替わる。何処かの病院と思しき映像が映った。現在の様子だ。ベッドの上で上半身を起こす老人がいた。両腕に点滴がつながっていた。白髪で白い無精ひげが目立つ男だった。頬骨の飛び出た、眼の鋭い男。「終わらぬ戦後」というタイトルが現れた。

哲夫は顔を近づけて、自分にだけ聞こえるように音を出した。

男の名は柴田孝樹。十三年の刑を終えて数ヵ月前に拘置所を出所したとナレーションは伝えた。罪状は傷害罪。早朝、会社役員A氏宅を訪れ、隠し持っていた刃渡り三十センチの刺身包丁で、対応に現れたA氏の腹を刺すなどして重傷を負わせた。動機は殺害された同僚の報復。襲われたA氏は終戦当時、少尉だった。柴田の逮捕を伝えるニュース映像が流された。

番組は主にベッドの上の柴田へのインタビューで構成されていた。「神の兵」と自らのことを語った。「天皇の兵」ではなくとつけたした。かすれ声だった。

「渋沢さんは脱走兵でしたか」

「そういうことになっていました」

「処刑されたということですか」

柴田は頷いた。

「玉音放送があったあとですか」

「十日後です」

「あなたは、その時終戦の事実を知っていましたか」

柴田はいやとだけ言って唇を結んだ。

「あなたはその現場にはいなかったのですか」

頷く。

「渋沢さんとは親しかった」

柴田は黙っていた。

「どうして二十年以上経ってから」という質問にも柴田は答えなかった。彼は目だけを、カーテンで半分遮られた窓の外に向けた。

カメラが切り替わって再現フィルムになった。背広を着た男の後ろ姿が映し出された。戦後数年経った頃から、柴田は当時の連隊の同僚を一人ひとり訪ね歩いた。渋沢二等兵の死のいきさつを聞き出すためだ。聞き込みはのべ二十人、かかった時間は十五年に及んだ。会うたびに証言が変わる相手に対し、情に訴え話を聞くこともあれば、恫喝することもあった。訪問中に警察沙汰になったことも一度や二度ではない。

最終的に以下のような経緯が明らかになった。昭和二十年八月二十三日深夜に脱走を企てたとしてとらえられた渋沢二等兵は壕の奥まった部屋で二日間拘束された。処刑当日、少尉Aの指示によって、後ろ手に縛りひざまずかせ頭部に頭巾をかぶせた。命令を下したAはこの時点で退出している。下士官二人を含む五人が処刑を行った。五人には一発のみ弾丸が込められた二十六年式拳銃が渡されていた。誰のものかは分からないが一丁だけ空砲だった。狙いを渋沢二等兵にさだめ、曹長の号令で一斉に発砲。その後、改めて曹長が別の九四式拳銃で倒れた二等兵の頭部へ二発撃った。立ち会った軍医によって絶命が確認された。

　画面には一人の老婆が映し出された。渋沢元二等兵の姉とテロップが出た。老婆は若い青年の遺影を膝に乗せて涙をぬぐっていた。柴田から弟の最期を聞かされた時のことを言葉少なに語った。処刑が終戦の十日後であったこと、南方の島とはいえ終戦の知らせを将校が知らないわけがないと言った。「柴田さんのしたことは正しいと思いますか」その質問に明確な答えはなかった。一度首を振り、その後、小さくうなずいたように見えた。

　ベッドの上の柴田に画面が切り替わった。

「あなたのされたことは正しいと思われますか」

　柴田のやつれた表情が次第に大写しになった。

「いいも、悪いも、一つの見え方でしかない」

　柴田の顔はアップになったままだった。

「正しいと思われますか」

　沈黙が流れた。

「白豚、黒豚をご存知ですか」

　インタビュアーは唐突に質問を変えた。

　柴田は眉間にしわを寄せながら顔を手でぬぐった。

「ご存知ですか」

カメラはまだ動いているのかと呟いた。

「まわっています。柴田さんは、白豚、黒豚をご存知ですか」

柴田はためらうように頷いた。

「食べたことはありますか」

表情を変えず、黙って頷いた。

「どちらを」

その問には口をつぐんだままだった。

「隠語とお聞きしました」

柴田はうつむいて首を微かに振ったように見えた。

「白か黒かというのは方便で、実際、食べていたのは、どちらでもなかったのではないですか」

一瞬、焦点がぼやけた視線になった。カメラはその目を大きく捉えた。柴田はゆっくりと手でレンズを覆い姿勢をずらした。

画面がまた切り替わり、老婆が映し出された。先ほどと同じ姿勢で、手巾を目尻にあてていた。

「脱走兵として処刑されただけではないと、お考えなんですね」

インタビュアーが言った。老婆は二度頷いた。

「その後、弟さんはどうなったと思われますか」

老婆は泣きじゃくり言葉は出てこなかった。その姿をカメラは捉え続けた。

病室の柴田が映し出された。彼はベッドの上に体を横たえている。

「渋沢二等兵は連隊の食料になったのですか」

インタビュアーが問うた。

柴田は微かに頷いた。

「あなたも口にしましたか」

彼はその質問には答えず、ゆっくりと目を閉じた。頬がこけ、目が落ちくぼんでいたが、表情は穏やかだった。カメラがしだいに柴田から離れてゆく。そしてサイドテーブルの上の一輪ざしに活けられた、白い水仙をいつまでも捉えていた。

――柴田孝樹元受刑者はこの撮影の一ヵ月後、息を引き取った。看取る家族はいなかった。

テロップが流れた。

終戦の年、二十歳だった青年が、今、還暦を迎えようとしているとナレーションが告げて番組は終わった。

哲夫はテレビを消し、トレーナー姿のままアパートの外に出た。体の内が煮えているようだった。呼吸が乱れ息苦しい。

円がわずかに欠けた月が出て、足元が仄明るい。アパートの前の唐棕櫚《とうじゅろ》に大きな影が出来ていた。棕櫚特有の手のひらに似た葉を正確にかたどった影が足元に伸びてきた。哲夫は棕櫚の葉の中に足を踏み入れてみた。わずかに風が流れて影が揺れた。膝頭を影になでられている気がする。見上げると生い茂る葉の少し上に月が見えた。通常よりはるかに大きく感じた。大きすぎて輝きすぎる月は、厳然としてそこにあるにもかかわらず、少しだけ騙しを含んでいた。すると月に照らされて、濃淡のはっきりとした雲も、その雲が風にあおられてゆるゆる流れるのも騙しを含んで見える。月に雲がかかってしだいに闇が訪れる。哲夫は闇の中で、この世には、何か確かな手触りが存在するのかと考える。善し悪しは一つの見え方でしかないと柴田は言った。哲夫の中でその言葉通りのことが今起こっている。黒い男が本当に柴田なのか、真実は分からない。長年付きまとわれていた黒い影が柴田になり、また実体の定かでない真黒な靄となり、そんなたゆたいの中で冷ややかな距離だけを感じる。ただ一つだけ分かったことがある。八月のあの日、男が着ていたのが喪服で、狂気に見えたものの背後には抜き差しならない覚悟があったのだ。〝呪詛〟が祖父の行為に起因していることも。あの黒い男は死神でも邪霊でもなく、紛れもない人間だった。憎しみにかられ、おののき、不安や焦燥に苛まれた末に、覚悟した一人の人間だった。雲が切れて、また月が現れた。唐棕櫚の影が青みを帯びた地面に映る。

自分の中に生々しく満たされていたはずのものが、霧散してしまう感覚におちいった。体の中が大きなうろとなってゆく。心もとなさばかりがつのり、そんな自分をただ持て余す。不意にノリコの乳房が恋しくなる。ミオの柔らかな頬に触れたくなる。

梅雨の季節がきた。

「おきて」

朝、ノリコの声で目覚めた。ミオが愚図っていた。熱があるらしい。八度五分とノリコは言った。ミオは頬を赤くして泣いている。

「うち今日、仕事休むわ」

哲夫はそうした方がいいと告げ、一人職場に向かった。三日降り続いた雨が止んで太陽が出たが、この季節特有の、くぐもったような天気だった。

就業中も哲夫はミオのことが気がかりで仕方ない。顔を赤くして泣くミオと枕元で看病しているノリコのことをずっと思った。午後をすぎたあたりから耐えられず、上司の社員に体調が悪いと告げ、初めて仕事を早退した。

駅前の洋菓子店で哲夫は三種類のショートケーキを一つずつ買った。箱の中に互い違いに入れられた色とりどりのショートケーキは何かを象徴しているようで、このケーキによって、自らが何ものかに規定されてゆく気がした。人目を逃れてひっそり生きることを望んできた哲夫にとって、初めて到来する心地よい束縛だった。小箱を手に提げて帰りながら、ミオが小箱を開ける様子を何度も想像した。

アパートに戻ってきた哲夫はいぶかしんだ。近くに見たこともない黒塗りの乗用車が止まっていた。部屋の前に立ち、ドアノブに手をかけると鍵がかかっていない。今まで一度もないことだった。ミオにも施錠は徹底して教えていた。音を立てずにゆっくりドアを開いた。玄関には女性物の小さな靴に混じって、一足だけ無造作に男物の革靴があった。居間のふすまは閉まったままだった。キッチンを見ると、仄暗い隅に赤い顔をしたミオが蹲《うずくま》って泣いていた。顔をあげ、気付いたミオは目を見開いた。哲夫は口元に人差し指を立てる。ゆっくり靴を脱ぎミオに近づいた。しゃがんで「誰が来てる」とささやく。

「おとうちゃん」

「前にも来たことあるか」

首を振った。

「急に来たのか」

ミオは頷く。

「おとうちゃんのこと嫌いか」

何度も頷く。

「どうして」

「おそろしいから」

「今もおそろしいことされたんか」

ミオは頷いた。そして、おかあちゃんがと言った。

「おかあちゃん、どつかれたか」

黙って頷いた。

「まだ、あそこにいるんか」ふすまの方を顎で指す。

小さく頷く。

哲夫はふすま越しに居間の様子をうかがった。生き物の動く気配があった。気配が膨張して存在を押し広げている。何かがこすれる、何かが何かにあたる微かな物音が際立って聞こえた。

ミオのそばに戻ってきた。額に手を当てる。体の内から熾《おこ》っている熱が手に伝わってきた。手のひらの下から、上目づかいにミオがささやいた。

「ねえ、あいつ、ころして」

ミオの赤い唇が濡れている。心臓をじかになでられた気分で哲夫はたじろぐ。何か大きな存在がミオの口に言わせている。少女の言葉が体内にしみわたり、これまで己をきつく縛っていた禁忌のタガが、ひっそりと外れるのを哲夫は感じた。一瞬、胸の奥が水を打ったように静まり、それからかつてないほどの抑えがたい力が湧き上がってきた。怯えとは逆の、冴えわたるような力強さだった。

哲夫はゆっくりと立ち上がった。

キッチンの収納を開けて包丁を取り出す。柄を握り、上から手ぬぐいで右手ごと巻いた。居間の前に立ち、ふすまを左手で指一本分だけ開けた。壁にへばりつくように右目だけで中の様子をうかがった。カーテンの閉め切られた薄暗い室内で、二匹の生き物が重なっていた。上になった生き物が、ひなびた白い尻を振っていた。そのたびに下の生き物の細長い二本の足が前後に振れた。

哲夫はゆっくりふすまを開いた。包丁を背中にまわし忍び寄った。背を向けた全裸の男は、祈禱でもしているかのように両手を突っ張って一心不乱に尻を振っていた。仰向けのノリコが気付いた。頭をもたげて哲夫を見た。左目のまぶたが内出血して膨れ上がっていた。左手で静かにするように身振りしたが、ノリコは泣き顔になった。不意に尻の動きが止まり、男が振り返った。パンチパーマに口ひげを生やした痩せた男だった。哲夫は相手の顔面を力の限り蹴った。足の甲が男の口元を蹴りあげ、顔面がのけぞるのと同時に歯が数本飛んだ。もんどりうって裸の男は壁際に転がった。背を丸め口と股間を押さえながら狼狽していた。哲夫は包丁の尖端をつきつける。

「あかん」

ノリコが叫んだ。

「逃がしたらまた来る」

ノリコは激しく首を振った。

「もう来まへん」

男の口からあふれた血が包丁に滴った。

「それだけはやめて。やったら取り返しがつかん」

顔が紫に腫れたノリコが言う。

哲夫は包丁を突き付けたまま黙っていた。

「あんちゃん、もう二度と来まへん」

男は泡立ったような口元で言った。

「あいつのことも、諦めますよって」

哲夫は男を睨みつけた。口を覆う男の指先が震えていた。

静まり返った。

「服着ろ」

沈黙を破って哲夫は言った。男は壁を這うようにまわり込んで、黒い上下を着て金のネックレスを首から下げた。

「立て」

包丁を突き付けたまま、男の動きに合わせた。

「風呂場で顔を洗え。逃げたら刺すぞ」

男はおぼつかない足取りで一歩ずつ歩いて浴室の引き戸を開けて中に入る。哲夫も背後から入った。浴槽で湯を出して、「血を洗え」と言った。失礼します、と呟き口の中を漱《すす》ぐ。嗽《うがい》をして真っ赤な血を吐く男が、突然「キサマ」と言った。振り返りながら「ひとごろしが」と呟いた。哲夫を睨みつける男は黒い影だった。言葉を失った。さまざまな顔が重なって闇のような中で眼だけが鋭い。〝やられる〟全身が硬直した。一瞬黒い男の肩が動いた。緊張の糸が切れた哲夫は右手に持った包丁を黒い男の喉にあて一息に裂いた。血があふれ出した。男がうなり声を上げて襲いかかってきた。哲夫が左手で力一杯顔面を摑むと男の首が背中の方に折れながら浴槽の中に倒れ込んだ。体中痙攣し、裂けた首から血が噴き出ていた。

「あんちゃん、歯が折れたわ」

声で、哲夫は正気に戻った。口を漱いでいた男が振り返って、すかすかした声で言う。幻を見るような哲夫をいぶかしむ表情だった。洗面台からタオルを一枚とり男に渡した。男は顔を拭いて緩慢な動作で浴室を出た。

哲夫は浴槽を返り見る。そこには何もなかった。

「さっき言ったこと嘘やないな」

「嘘ちゃう」

「二度と来るな」

「かなわんわ」

男は背を丸めて靴を履いた。タオルで口を押さえたまま、ふすま越しに居間を一瞥して、玄関のドアを開け出て行った。

哲夫は居間に戻り、二人のそばに腰を下ろす。

「怪我は」ノリコは大丈夫と答えた。

「あいつ、また来る。今度は仲間を連れて」

ノリコはうつむいて黙っていた。

「ここを出よう」

哲夫は言った。また新しいアパートを探して、三人で暮らそうとノリコに告げた。

「うちのせいで」と呟いて涙を流した。ミオはそばにじっと座っていた。哲夫はノリコを抱いて、なんもお前のせいやないと言った。

ごとりと音がした。ミオが正座したまま前のめりに崩れていた。ノリコが慌てて抱きかかえる。

「病院は」

ノリコが首を振る。

「連れて行こうとしたら、あいつが来て」

もがくような声で、「救急車呼ぶわ」と続けた。

ミオは目を閉じて荒く呼吸していた。

「駅前の区立病院に俺が連れてく。その方が早い。お前も傷を見てもらえ」

哲夫はミオを背中におぶった。

三人はアパートを出る。哲夫が先に様子をうかがった。黒塗りの車は近くにはなかった。急ぎ足の哲夫の後を、サングラス姿のノリコが追った。

夕暮れの商店街は提灯がいたるところに下がり、買い物客が行き交っていた。哲夫は往来を縫うように歩く。すれ違うひとはみな、老婆も学生も主婦も、きっと自分でもさだかではないかかわりをまとって生きている。

哲夫にとってひとは未知で、外側から否応なく自分を規定してくるものだった。誰かが不意に厄災を持って到来し、そのたびに脅かされる。これまではただそのことに怯えていただけだった。これからの人生でも、今日のように到来者が厄災を持って突然やってくるに違いない。

今、背中におぶったミオの体の重みや、汗ばんだ熱や、荒い息づかいを哲夫は一途に感じている。ノリコやミオに対する愛おしさが貪欲なほどにあふれ、二人のためになら自分はどんな存在にもなると確信する。戸惑いながらも、それでいいと、遠い空から、深い地の奥から告げられている気がした。

ミオに流し込まれた許可とも命令ともつかない熱によって自分でも知らなかった一面を垣間見た。それは今も確かに体の奥で、沸騰する直前の液体のような気配を見せている。いつか厄災を持って到来する者に向かって、この血を煮えたたせる、その刹那の予感に哲夫は震えを伴った高ぶりを感じていた。

不意に浴室で殺そうとした男のまぼろしが引きだされた。あれは黒い男の亡霊ではなく、恐怖にとりつかれていたこれまでの自分自身ではなかったか。

ナイフが夕暮れの光の中で、芯の熱を帯びて新たな輝きを発している気がする。町の喧噪が狂おしく耳奥に流れ込んでくる。ミオを背負う体に、その熱さがひろがってくるのを覚えながら、彼は夕暮れの人ごみの中を急いだ。

空に住む木馬

晴れた暑い朝。小学生の私は人の少ない時間を狙ってプールに行く。監視員の目を盗み潜水する。

冷たく透明な水底に横たわってみる。水中は、自分が住んでいる世の中とは違う空間だ。例えば、思念や霊の世界が実体の世界と違った次元であると考えるのと同様に。霊みたいな気分で、水底から世界を見上げる。高いところで無数のかがやきが明滅し、重なり合いながら揺れている。

ふだん目に見えているものは、具体的ではっきりしている。バラの花はバラの花、雲は雲、コップはきっぱりとコップだ。しかし水の底から見える世界はあやふやな光に満ちている。光は独立しているようで、周囲のかがやきと関連性があるようにも見え、でも全体に揺らめいているので、やはりすべてがあやふやという感じなのだ。

世界が違って見えると意識が変化する。友達や親、授業、宿題、具体的な結びつきから、一瞬、無縁になった気がする。自分が何者でもなくなる。そんな状態が永遠に続くとなると耐えがたいのだろうが、息を止めていられるほんの数十秒、現実からトンと外れて世界を外側から見ることは、愉快で、ここちよかった。

プールで潜水していた少年と今の私の間には四半世紀の隔たりがあるけれど、あのころ感じた、現実の世界から外れるここちよさを、仕事中にふと思い出す。

トルソーにドレスを着せる。宝石に似たスワロフスキーの石の粒を一つずつ貼り付けてゆく。一着のドレスに十個の石をつけてもドレスはドレスのままだ。百個つけても変わらない。千二百個を超えたあたりからドレスは少しずつ変化する。なぜだか分からないが、千二百個あたりに境目があるらしい。千七百を超えると、ドレスというよりドレスのシルエットをした何かへ変わりはじめる。その気になれば石は一万個くらいつけられる。でも自然界に均衡があるみたいに、ドレスにもそれぞれいい塩梅に石がついた状態がやってくる。千七百からいい塩梅になる間が、最も幸福な時間だ。愉快でここちいい時間。世界からトンと外れて、何者でもなくなる感覚。ドレスのシルエットをした、きらめく何かを前にして、今の自分を取り巻くやっかいな事柄と無縁になる。

ここちよい時間は、水中で息を止めていられる時間より長いが、せいぜい二日を超えることはない。いい塩梅以上に石をつけ続けるわけにはいかないし、仕事には納期がある。幸福な気分を断ち切ってトルソーからドレスを脱がす。

職業を聞かれたときには、ドレスの装飾デザインをやっています、と答えることにしている。社交ダンスのドレスにスワロフスキーをつけることで報酬をもらっていることに間違いはないから。でも厳密に言うなら、私は失業中だ。更に言うなら、税金は滞納中。年金は支払い猶予中。四万八千円のアパートの家賃も遅れがちだ。

三十四歳のときデザイン会社を退職した。社員全員の給料を払うのが困難になったと、ある朝、社長が言った。同時に社内で退職者を募ることになった。その時点では、まだどこか他人事だった。上司から、穏やかな口調で退職を勧められた。給料を払えなくなった社員が自分であることをはじめてさとった。同僚は私と目を合わせなくなった。

ヌーだ、と思った。昔テレビで見た。大移動するヌーの群れが大きな川にさしかかる。ヌーたちはいっせいに飛び込んで泳いでゆく。ほとんどのヌーは対岸にたどりつくが何十頭かに一頭の割合で、溺れたり、ワニに襲われたりして命を落とすものがいる。でも他のヌーも自分のことで手いっぱいだから、ワニに襲われている仲間を気にかけている暇はない。心の中で少しだけすまんと思って、また自分の仕事に専念する。同じだ。二ヵ月ほど粘ったが、しだいに雰囲気が悪くなりはじめた。同情から、往生際のわるさに対する批判めいたものに。

辞表を提出した。しばらく失業保険で生活した。ハローワークに通って、五十社ほど応募し、何社か面接にも行ったが、採用されることはなかった。田舎の両親には黙っていた。失業保険が切れ、途方に暮れていると、神奈川に住む叔母から電話があった。面倒見がよく、顔が広い叔母に、バイトの口がないかと相談した。

翌日、電話がかかってきた。電話の相手は桐谷《きりや》さんという名の女性だった。彼女は叔母の名を出して、早速だけど今から来て下さいと言った。言われるまま横浜に向かった。駅から五分ほど歩いて、表通りから一本入った路地に「ダンスショップ　フラウ」はあった。カラフルなドレスを着せたトルソーがショウウインドウに並んでいた。

店の中、少し年配の女性がソファに横になっているのが見えた。床の上には山吹色と白のぶち猫が寝ている。挨拶をしながら扉を開けて入ってみた。私の気配を感じた女性は髪を振り乱して飛び起き、おそらく反射的に、いらっしゃいと言った。

「誰？」

「さっき電話いただいた須藤です」

「ああ、そこらへん座って」

ぶっきらぼうに言い、彼女は口の周りをふいた。お茶と一緒に出された名刺には、桐谷ヨリコと書いてあった。

「あんたいくつ」

「三十五です」

「彼女は？」

「いません」

桐谷さんはうわぁと言ってのけぞった。ぶしつけな人だと思った。それからうわぁを連発しながら、私の現在に到る経緯を根掘り葉掘り訊いてきた。リストラされて食うや食わずの生活をしていることを正直に話した。

「そんな人間はじめて見た。ニュースで言ってることって本当なんだ」

彼女は組んだ裸足の足先をぶらぶらさせ、甲高い声で笑った。何が面白いのかさっぱり分からなかった。

「じゃあ、とりあえずこのへんからやってみて」

唐突に仕事の話になったようで、真っ赤な膝丈のドレスをテーブルの上に広げた。

「これラテンね。派手にやって。でも下品にしないで」

「何をするんですか」

「石つけんのよ。いし！」

そうこうするうち、叔母が現れた。桐谷さんは立ち上がって、園ちゃんいらっしゃいと大きな声で言った。

「いま彼に話してたところなのよ」

「よろしくお願いね。なんせ子供の頃から体は弱いし、どんくさいし、世渡り下手なのよ。いいところと言えば手先が器用なことくらい」

「分かる。見るからにそうね」

言いたい放題だ。

「桐谷さんと叔母さんはどういうご縁なんですか」

話を変えようと口を挟んだ。

「うちの一番大事なお客さんよ」

「叔母さんがですか」

「そうよ。園ちゃんの頼みなら断れないわ」

「ちょっと待って下さい。ということは叔母さん、社交ダンスやってるんですか？」

叔母はまんざらでもないが、それでいて困ったふうな顔になった。桐谷さんがまた大きな声で言う。

「園ちゃんルンバすごいの。ラテン二級なのよ」

ラテン二級のすごさはピンとこないが、園ちゃんと呼ばれる叔母はどう見ても桐谷さんより十歳は上で、しかも我々の故郷、丸亀の溜め池と田園風景が似合う体格だった。叔母が露出の大きいラテンドレスを着て、官能的なルンバを踊っている姿を想像しようとしたが、できなかった。

「姉さんには、絶対言わないで」

園ちゃんは真顔になる。

「分かりました。そのかわり僕が失業中だということも秘密にして下さい」

私も真顔になった。

こうしてドレスと、様々な色のスワロフスキー、専用の接着剤ハイタックを借りて、ドレス装飾の仕事にかかわることになった。帰り際、桐谷さんにコツを教えて下さいと頼んだ。

「くそ度胸よ」

彼女は言った。今まで裁縫や刺繍、デザインに明るい知人に依頼したがみなうまくいかなかった。彼女は原因をドレスが高価すぎるためと考えていた。

「失敗したらシャレにならないと思って、びびっちゃうの」

確かに十万円以上する新品ドレスをつぶしてしまったら取り返しがつかない。一発勝負でやり直しもきかない。桐谷さんの分析が腑に落ちた。もし失敗したら金銭的に責任を負わねばならないと考えるから怖くなるのだろう。だとしたら逆に、自分は案外やれそうな気がした。人間そのものに点数をつけるとしたら、今の私は赤点だ。失敗しても責任など負えるはずもない。くそ度胸という言葉が少し魅力的に思えた。失うもののなくなった人間の開き直りみたいなものを感じる。

「それと」

桐谷さんは最後に以下のことをつけたした。
1．ハイタックは、はみ出してもいいからたっぷりつけること。乾くと透明になるから気にしない。量が少ないと、踊ったときにばらばら石落ちしてしまうから。
2．いろんな色の石を使うこと。遠くから見た色合いを意識して単色にしない。
3．自分を信じること。人の好みは様々だから。同じドレスを見ても、いいという人がいれば、よくないと思う人もいる。人の評価はあまり気にしない。
桐谷さんの言葉をメモした。

叔母とフラウを出たときにはすっかり日が暮れていた。

「ろくに食べてないんでしょ。ご馳走してあげる。中華でいい？」

手頃な中華料理屋に入った。叔母は天津麺を、私はニラレバ定食を注文した。ブラウン管のテレビで、昭和の最後あたりの歌を静かに歌っていた。

「変わった人でしょ」

「あんな女性はじめて出会いました」

「家が、たまプラーザにあんのよ。プールつき」

「セレブですか」

「大学教授の旦那さんと、きれいな娘さんがいるんだけど、今は家族とは暮らしてないの。彼女は横浜にマンション持ってて……」

私は黙った。

「いろいろあんのよ」

叔母は渋そうな顔で天津麺に箸をつけた。

「仕事紹介してくれてありがとうございました」

「いいわよ。食べなさい」

叔母には幼い頃からかわいがってもらった。香川を出て神奈川の印刷工場を経営するおじのもとに嫁いで三十年たつ。私が上京してからも年に数回、休日に家へよばれてご馳走になっていた。子供のいない夫婦で、時おり自分でも気付かぬうちに、息子のまねごとをしている気分になった。

ニラレバ定食を食べながら、叔母の顔を盗み見た。夫の家業の手伝いをし、家事に明け暮れて、人生をおくってきた人だと思っていた。還暦になった叔母のルンバは、身内から見ると突拍子もないけれど、どこか痛快な気分がするのだった。ひょっとしたらおじも知らない素敵な秘密なのかもしれない。

「応援に行きますから、大会に出る時教えて下さい」

「やめて。怒るわよ」

叔母は本当に怒りそうだった。

＊

「うちの畑でとれたんだ。持って帰れ」

古賀さんが私の目の前に、ひとかかえほどある袋を二個置いた。一つにはジャガイモ、もう一つには玉ねぎが詰まっていた。これだけあればベジタブルカレーが数ヵ月食べられる。

「ワイルドだわ」

桐谷さんはあきれたふうな表情だった。

社交ダンスのドレスであふれた店の中に、土のついたジャガイモと玉ねぎは意外な取り合わせだ。心からお礼を言っていただいた。

日々の生活に困窮している失業者がいると、店に来るお客さんに桐谷さんが話しているおかげで、私への救援物資がフラウへ集まっていた。カップめん、チョコ、米、漬物、缶詰、和菓子。さらにジャガイモと玉ねぎ。

「難民、難民」

桐谷さんは無邪気に笑う。

「そんな言い方するもんじゃねえ」

古賀さんが叱る。

フラウに顔を出すようになってから古賀さんと知り合いになった。五十代後半、見た目も性格もさっぱりした男前で、日に焼けて筋肉質な人だ。以前は何をしていたのか、よくは知らない。古賀さん自身も桐谷さんも、そんな話はしない。

五年前に桐谷さんがフラウを開店してからの付き合いだと聞いた。ショップは店舗での販売の他に、週末、イベントや大会で出張販売をする。大会は日曜日に全国各地で行われているから、桐谷さんはほとんど毎週末、本州の東半分を飛び回っている。古賀さんは出張店舗を出すための運転手兼アシスタントとして雇われているのだ。

「あなた、週末ひま？　どうせひまでしょ」

桐谷さんが私に向かって言う。

「今のところ、予定はありませんが」

「手伝ってよ。横浜で大会があるのよ。店出すから」

「あ、叔母出るでしょうか？　ラテンに」

「園ちゃん、聞いてないけど出るかもよ。横浜の大会だもの」

「行きます」

「よし決まり」

桐谷さんは楽しそうに言った。

「そうそう、あなたが石つけた新しいドレス、早くホームページに載せておいて」

「今夜アップしておきます」

桐谷さんは店の奥の台所で何か準備していた。

「お昼食べよう。うおまさのちらし寿司、買っておいたのよ」

店の真ん中の大きなテーブルを三人で囲んだ。

「あなご美味いですね」

私が言うと、いけると古賀さんも同調した。いけると言った調子で古賀さんは続けた。

「あんた、どうしてやろうと思ったの」

「え、石をつける仕事ですか？」

「そうそう」

「どうでしょう。なんか……」

古賀さんは箸を止めて私の顔を見ている。

「自分でも分かりません」

「ふうん」

「たとえば、出来の良さは別にして、はじめてやることのはずなのに、はじめての気がしないことってありませんか」

古賀さんは蛸を噛んだ。私の言ったことを考えているようだった。天井を見上げて飲みこんでから口を開いた。

「ゴルフのジャンボ尾崎いるじゃない。彼ずっと野球やってたわけだけど、生まれてはじめてドライバー握った時にね、つまりはじめてボールを打ったのに、いきなり芯くって三百ヤードだったたって。フォームも完璧」

「すごいですね。古賀さんゴルフ好きなんですか」

「大好きなのよ。ゴルフ焼けよ」

桐谷さんが口を開く。

「そういうこと?」

「いや、そんなすごいことじゃなくて、もっとささいな感じで。なんかしあわせないい気分がするんです」

「石つけてて?」

「はい」

「石を?」

古賀さんは「謎」という漢字みたいな表情だった。

「まあ一人よがりかも知れません」

「そんなことないわよ。あんたのドレス、結構売れてるのよ」

「本当ですか」

古賀さんはいつの間にか、勢いよくイクラをかき込んでいた。

「先週、警察が来てね」

ぼそっと桐谷さんが言った。

「盗難ですか」

「ちがうの。誰かがみーちゃんに石投げたのよ」

「みーちゃんて誰ですか」

「猫よ」

桐谷さんの店にいつも出入りしている近所の野良猫のことらしい。

「かわいいから餌やってるの」

古賀さんはお茶をすすりながら、「ダンスファン」をぱらぱらめくっていた。

「みーちゃんに誰かが石投げたんですか」

「ひどいでしょ。朝来てみたら、店の前にいくつも石が転がってて、窓ガラスにも傷がついてるし。へんなメモが店の前に置いてあったの」

「何か書いてありました?」

「新聞の活字の切り抜きで《ねこころす》って」

「脅迫じゃないですか」

「そうよ。で警察に電話したら若い巡査が来てくれて、毎日巡回しますって」

「そうなんですか」

「それからは無いみたい」

「近所の誰かのしわざかな」

「ダンスファン」を見ていた古賀さんが、楊枝を歯から抜いて言った。

「ひまな人が見てるのかも知れない」

「気をつけて下さいよ。物騒だなあ」

「大丈夫よ」

桐谷さんはお茶をひと飲みした。

「あたしって結構そういうのあるんだよね。いやがらせとか、いじめとか、今までもしょっちゅう。でも気にしないんだ。ぜんぜん平気」

「なんか桐谷さんて、人一倍引力みたいなものが強くて、いいものもわるいものも、何でも引き寄せちゃう感じがしますよね」

彼女は一瞬、眉をひそめた。

「でもさ。あたし分かんないんだけど、なんでそういうひどいことしようと思うのかしら。こんなに陽気がよくて、風が気持ちよくて、緑も成長して、空が真っ青で、なのになんでみーちゃん殺そうなんて思うの。おかしくない?」

桐谷さんの発想はとんちんかんなようで、しかし理にかなったことにも思えるのだった。青空を遮断するみたいに分厚いカーテンを閉め、薄暗い部屋の中でひっそり息をひそめる人の姿を想像した。彼は窓に近づく。カーテンの隙間から外の様子をうかがう。鬱屈した気持ちを押さえつけながら石を握っている。何かに向かって、例えばガラス窓や小動物に向かって投げつけるところを思いながら強く握る。

「ねえ、二人ともアイス食べる?」

思いついたように桐谷さんが言った。

「あ、俺もらおうかな」

「僕もいただきます」

「最近、食べすぎなんだあ。五キロも太っちゃってさ。ダイエットしなきゃあ」

彼女はアイスを三つ持ってきて蓋を開けるなり、もりもり食べた。痩せなきゃあと言いながら食べるアイスはきっとおいしいのだろう。

先月、フラウのホームページを立ち上げた。前職が半分そういう仕事だったので、彼女に提案してみたのだ。

桐谷さんは原始人なみのアナログ人間だ。携帯を持ってはいるがメールは使えず、ノートパソコンはネットにつないでいない。経理関係や顧客管理は大学ノートにびっしり手書きだ。それが伝統工芸品のように見えた。

社交ダンスの業界もネットの影響力は半端ではないと思えた。大きなショップはだいたい自社のサイトに商品をアップして宣伝している。豪華に石をつけたドレスもきれいな画像で見ることができる。一方で社交ダンスの掲示板というのもあって、店や商品の情報が、一般の人々の間で、けっこう忌憚なく書かれることもある。ショップの評判にも影響するわけで、私の責任は重大だ。

桐谷さんの店から帰って、石をつけたドレスを画像と一緒にホームページにアップした。ドレスの紹介文も書く。

ホワイトとラベンダーの優美なモダンドレス

トップスはライクラにホワイトのストレッチレースが重ねられています。オーロラとコバルトのスワロフスキーがレースの花柄にトレースされており、胸元から美しい輝きをはなちます。

腕はクリスタルをふんだんに用いたバングルに、ラベンダーのフロートがついています。スカートはラベンダーのサテンシフォンにソフトボーンをあしらった三段のティアードスタイルになっており、ボリュームと軽やかさを兼ね備えたデザインが華やかさを演出します。花柄に合わせて石を配置した、愛らしいチョーカーもおつけします。

約2300個のスワロフスキーがつけられた一点もののモダンドレス。サイズは九号。

定価は27万5000円です。

アップした画像をじっと見つめた。いつまでも見ていたい気分になる。

ダイヤモンドのようなオーロラと、サファイアのようなコバルトのスワロフスキーは、ホワイトレースと抜群に相性が良い。ライトの角度によって、オーロラが様々な色合いに変化し、それをコバルトがぐっとしめる。トップからスカートにかけてホワイトからラベンダーのグラデーションになっている。

バングルは二の腕と手首にそれぞれつける環で、薄紫のフロートが下がっている。ダンスに合わせて妖精の羽みたいに舞い上がる。

スカートはソフトボーンという柔らかな芯を付けたフリルが立体的にデザインされている。「ティアード」は「tiered」つまり「段々に重ねる」が語源で、このドレスの場合は、フリルが三段に重ねられている。ステップに合わせてフリルが動くので、私には涙の雫「tear」をまとっている、そんなイメージの方がしっくりくる。

想像する。

このドレスを買ってくれた誰かが、大会の勝負ドレスに着てくれる。ファイナルの舞台。緊張感が高まる中、音楽がスタートする。スロー・フォックス・トロットだ。

大勢の観客が見つめるステージの中央で照明を浴び、優雅に舞いはじめる。

自分のつけたドレスの石は、ステップのたびに、いったいどんなきらめきを放つだろうか。

妄想するだけで、じんわり感動してしまう。馬鹿みたいだと思われるかもしれないけれど。でも、こんな今の私だって、華やかさや美しさと少しくらいかかわってもいいんじゃないかと思う。

＊

ドレスの仕事にかかわるようになって変化したことがある。

仕事場にしている部屋を常に清潔にするようになった。ドレスは高価だから扱いには気を使う。でも、それだけではない。

桐谷さんからドレスが届くとトルソーに着せ、私はドレスを招いた気分で挨拶する。そしてオリジナルのドレスのシルエットを邪魔しないような、石のつけ方を考える。クライアントと大事な仕事の打ち合わせをするみたいに。そんな仕事場は、やっぱり良い環境が求められるだろう。

早朝、目覚めてすぐ仕事を始め、空腹で我にかえって昼過ぎに昼食をとる。再開して、次に気がつくと夜の九時を過ぎている。完成までに五日ほどかかる。ドレスと別れるときは少し名残惜しい。

横浜ダンススポーツ大会当日、晩春のさわやかな日差しで空は晴れわたっていた。私は電車を乗り継いで直接現地に向かう。八時半にアリーナの通用口にいると、ほどなく古賀さんの運転するライトバンが現れた。荷台には色とりどりのドレスがびっしりと納まっていた。

十時から開会式が始まるので、それまでに開店準備を終えなければならない。一つの店舗に与えられるスペースは一坪ほど。二人とも手慣れたもので古賀さんがライトバンから荷を降ろし、私が店まで運び、桐谷さんが開店準備をする。

準備の最中から、桐谷さんの異変に気づいた。いつも明るい彼女がその日にかぎって無表情だった。桐谷さんは喜怒哀楽が表にはっきり出るタイプの人だ。だから無表情というのが、天変地異の前ぶれみたいに思えたのだ。

今回の大会は規模が大きく、会場に七店舗のショップが出店していた。競争相手とはいえ、各ショップとも表面上は親しげだ。愛想のよい桐谷さんは他の店舗のオーナーと積極的にコミュニケーションをとるのだけど、フラウから一つ挟んで隣の店舗だけ、挨拶もしない、というか、まるでそこに何もないかのようにふるまっていた。

作業に没頭するふりをしながら、その店「クラリス　ダンス」の様子をうかがった。オーナーと思しき女性は、三十歳前後に見えた。身長が百七十センチ以上ある。ワンピースから見える腕と足は鋭利という感じに引き締まっていた。きりっとした顔だち、髪をアップにしているからか、冷たい印象で、二人の若い女性店員に対して手早く指示していた。きっと彼女の前に立つと、正面から顔を見ることができないだろうと思った。とといすぎて、眼力がある女性は、太陽が眩しいのと同様に直視しにくい。

搬入が終わったのが九時過ぎ、ドレスのディスプレーはすんだ。私が石をつけたモダンドレスは、トルソーに着せて一番目立つ場所においてくれた。「新着ドレス」とポップつきで。

イヤリングを並べていると、車を駐車場に停めた古賀さんがやってきた。おつかれおつかれと肩を叩いてくる彼に、私も笑顔で答えたのもつかのま、「ああっ」というへんなうめき声とともに古賀さんは硬直していた。彼の視線は私を通り越して、五メートル先のクラリスに向けられていた。

「いけねえ」

古賀さんは横目で素早く桐谷さんの様子を見た。彼女は相変わらず無表情でうつむいたままドレスを覆っていたビニールをまとめていた。

「どうしたんですか」小声で訊く。古賀さんがさりげなくシャツの袖をつまんで、死角になっている壁際にいざなった。

「ユリエちゃんだ」

「誰ですか。ユリエちゃんて」

「いけねえ」

答えになっていない。あきらかに狼狽していた。

「なにが、いけないんですか」

「じゃあ、また後で」

私を好奇心のかたまりにしたまま、古賀さんは足早に去っていった。

気にかかることは山ほどあるけれど、考えないことにした。自分はドレスを売る手伝いに来たのだ。桐谷さんのもとに戻って、またイヤリングを並べた。

「古賀さんはどこ行ったの」

「車が気になるそうで……」

適当に言った。

「逃げたわね」

私は黙っていた。

「娘なのよ」

クラリスの方にちらと視線を向けて、桐谷さんは言う。

「そうなんですか」

「そうなの」

それきり話はとぎれた。私はイヤリングを終え、続いてネックレスを並べる。

時刻は九時半を回っていた。ラテン開会式に備えて、参加者がみるみる集まっていた。

多くのダンススポーツ大会は午前にラテン部門、午後にスタンダード部門が行われる。ラテンが専門のペア、スタンダードが専門のペア、両方の大会に出るペア、様々だ。いずれにしても大会はみな自慢の勝負ドレスで参加する。

開会式はドレスの色彩と石の輝きでアリーナ全体が膨張したふうに見える。

応援や見学に来た人が店に立ち寄りはじめた。

桐谷さんはさりげない口調で接客する。

「このフロート、踊るときれいよ。白ならエンジェルスキンのフリル、黒ならこっちのスリット素敵でしょ」

テーブルマジックを披露するみたいに、タイミングよくドレスがあらわれて、五分ほどでお客さんが「いいわね」という一品に行き着く。

「試着してみなさいよ」と桐谷さん。

店には小型のテントが置いてある。お客さんに試着してもらうためだ。社交ダンスのドレスは着るのが大変だ。桐谷さんが手伝うこともある。

テントの傍から彼女が、ちらりとこちらを見た。黒のスリットの入ったラテンドレスを着終えたお客さんが、鏡の前にやってくる。桐谷さんの「すてきよー」に「うわ。かっこいいですねー」と私もかぶせる。

彼女の目は確かだ。体型や性格やデザインの好みを加味して、本当にお客さんに似合うものを勧めている。似合っていれば悪い気はしない。欲しくなって当然だと思う。後はお金の問題だけだ。国産のドレスなら、ラテンで平均十万弱、モダンなら十五万前後する。石がつくと二十万、三十万もざらだ。

「今はいいのよ。後で振り込んでちょうだい」

桐谷さんはこんなご時世でも現金だ。カード決済は彼女の脳が受け付けない。現金が振り込まれるとお客さん一人ひとりに、手書きのお礼状を出す。そんな古風な商売がここでは通用する。しかし本来商売は、そうあるべきかも知れないと思ったりもするのだ。

開店二時間でドレスが二着売れ、桐谷さんは機嫌がよかった。

「昼休みにして。大会見てきてもいいわよ」

「ありがとうございます」

彼女からお昼の弁当をもらって待合室の長椅子で食べた。気が付くと十二時を回っている。叔母のことを思い出した。出場していたとしても決勝に残っていない限り、もう終わってしまった可能性が高い。でもひょっとしたらと思い、観客席に向かった。

通路と観客席を隔てる扉に手をかけようとした瞬間に内側へ開いた。目の前にユリエさんが立っていた。私はたじろいだ。逃げないといけないような気分になり、でもなんで逃げるんだと思う。背筋を伸ばした。彼女の身長には数センチ足りない。

ユリエさんは立ち止まって、明らかにこちらを見ていた。上品な香水の香りが前からやってきた。気分がふわっとなったタイミングで彼女が笑顔になる。

「母の店、手伝ってくれてるんですか?」

「あ、はい」

彼女は通路をあけて、手すりの傍に立って「大変でしょ」と言った。私も一歩手すりに寄って、いやあと答えた。何も考えられなかった。平静を装っていたが頭の中でサンバが、がんがん鳴り響いている。ユリエさんは笑顔だった。

「あの人、すごい天然なんです。もし何か失礼があったら許して下さい」

「そんなことないです。よくしてもらってます」

ユリエさんは大きく胸のあいた派手なワンピースを着ていた。目のやり場に困って、彼女のほそ長い鎖骨の曲線を見ていた。

「あ、桐谷ユリエです。はじめまして」

思い出したように言って、彼女は名刺をくれた。

「須藤宏之です」

何もない私は会釈した。

では失礼しますと言い残して彼女は去っていった。

人間だって集団で生活する動物だ。最初の瞬間に上下関係が決まる場合もあるだろう。出会って一秒で対等でないことを意識づけられた気分だった。美人だからとかスタイルがいいからとか、そんなことではなくて、生き物として発しているオーラみたいなもので問答無用に決まる序列なのだと思う。たしかに裕福な天然少女がそのまま大人になったような桐谷さんと、上品なオーラをまとったユリエさんは、母子どころか別の惑星の生物くらい違う気がした。

彼女からもらった名刺から、ほのかにいい香りがしている。ずいぶんぼんやりしていた。気がつくとラテン部門は表彰式が終わって、スタンダードの開会式が始まろうとしていた。

*

桐谷さんのもとに戻ると、彼女は待ちかねていた。

午後のスタンダードは出場者が多い。その日も参加者は五百人を超えていた。一次予選だけで相当な時間がかかりそうだった。その間に桐谷さんはお弁当を食べる。私が店番だ。たいしたことはできないけれど。ぽつぽつお客さんが来てくれて、それなりに接客させてもらった。

すらっとした体型の女性が二人で新作のドレスを見ていたので、さりげなく近づいた。髪をショートにした左側の女性がよく話しているようだった。「石のいろ」とか「この辺の光り方が」とかそんな言葉が断片的に聞こえてきた。

「いかがですか。夏の新作なんです」

声をかけるとショートの女性が私の方を見た。

柔和な笑顔だった。

「ちょっとねえ。どうかしら」

笑顔なのに苦いものでも食べたような口元だった。

「細かい石がごちゃごちゃしすぎなのよね。つけ方にセンスがないから見ていて気持ち悪くなるのよ」

「これならクラリスのがいいわ」

聞き役だった右側の女性が言った。

「もっとね、石の色の色のバランスも考えて、きれいにつければいいのに。なんでこんなにいろんな色いっぱい使うのよ。使わなきゃ損だと思ってるの？　こんなの着てたら貧乏性だと思われるわよ」

「それにここのチョーカーの石、きれいに光ってないわよ。ちょっと接着剤がはみでてるし。だめよこんなの。売り物になんないじゃない」

首に巻かれたチョーカーをはじきながら言った。なぜか二人とも楽しそうだった。

「本当ですね。どうもすみませんでした。確かにお客様のおっしゃるとおりです」

私も笑顔で答える。

「そうでしょう。あなた話分かるじゃない。オーナーさん、いないから教えるけど、ここのドレス評判悪いわよ。石がついてるのはだめ。クラリスがやっぱり抜けてる。おたくもあそこを見習ったら、少しは売れるかもね」

ショートカットの奥さんが、こっそり言った。

「じゃあね」

二人組が去って行くのを、表面だけ笑顔で見送る。

こたえた。腹が立つという感じはぜんぜんなくて、ただ苦しかった。

椅子に座って我慢していると桐谷さんが戻ってきた。

「あんた、景気悪そうな顔で座ってんじゃないわよ。貧乏神じゃないんだから」

そう言ってきゃきゃと笑った。よく笑う人だ。でもさっきの話の後だけに、彼女が冗談で言った貧乏神という言葉にひどく傷ついた。

「すみません。お手洗い行ってきていいですか」

「いいわよ。後はそんなにお客さん来ないから」

私はトイレに行くふりをして体育館の外に出た。

自動販売機でコーヒーを買い、一気に飲んだ。アスファルトの上にじかに座ってコンクリートの壁にもたれて空を見上げる。雲ひとつない空。

静かだった。

北の方角から鳥が飛んできた。大きな鳥ではなかった。数羽がじゃれ合うように飛んでいるのを、ぼんやり見ていた。

立ち上がる。体育館の中に入った。

桐谷さんのショップの方には戻らず、アリーナの横から中を通って反対側へぐるりと回り、「クラリス　ダンス」の前まで来た。

ユリエさんと目があった。彼女は軽く会釈する。私も笑みを作って近づいた。

「さっきはどうも」

「はい」

「あの、ドレスを、少し、見せていただいてもいいですか」

「どうぞ、ご自由に」

余裕のような笑顔だった。自信なのか、寛容なのかと考え、その両方なのだろうと思う。

お客さんの邪魔にならないように、石のついたドレスを見せてもらう。

トルソーに着せてあるモダンドレスは、どれも概算で三千個以上、石がついているようだった。かなりの数のはずなのにつけ過ぎの感じがしない、ボリュームはあるが重い印象はない。集中した部分、大きく空間をとった部分、幾何学模様とフリーな曲線が混在し、それらが調和していた。ネット上で数百着のドレスの画像を見てきたけれど、これほどのドレスは見た記憶がない。そんなクオリティの商品が数十着並んでいる。

ため息が出た。

単純なことだけど、美しいことはそれだけで「善」なのだと思う。余計な言い訳や弁解が入る余地はない。モダンドレスなのだからエレガントに見えることがすべて。そこに付加価値が発生し、対価が発生する。

さりげなく値札を見た。二十八万円。このデザインで、石を三千個以上つけて二十八万は安すぎる。どんなシステムでできあがっているのか全く分からなかった。今日、出店しているショップの中では、お客さんの入りが一番いいのも当然と思えた。

「ありがとうございました」

ユリエさんに言った。

「どれもきれいなドレスでした」

彼女は微笑んだ。

「よかったら、代官山の店にも遊びに来て下さい。名刺の住所ですから」

はじめて彼女の目をじっと見た。

「ユリエさんは、ダンス、されるんですか?」

「少し。もう以前のようにはできませんけど」

「お店、うかがいます」

社交辞令と分かっていたけど、私は愛想よく言った。ユリエさんも上品な笑顔で応えた。

会釈して店を出る。

今度は直線五メートルを歩いてフラウに戻ってきた。黙って桐谷さんの隣に腰を下ろす。

「もう十分売れたから、だいたいおしまい」

「よかったです」

「今日のおだちん渡しておくわ」

彼女はレジを開けて千円札を五枚出す。

「そうだ、ドレスの石つけ代金も」と言いながら一万五千円をプラスして私に手渡した。

「ありがとうございます」

いささか割に合わないと思いながらお金を財布にしまい領収書を書いた。

「あなた」

「はい」

「さっき、娘のところに行ってたでしょう」

「はい」

「何、話してたの」

「何も話してません。ドレスを見せてもらっていました」

「どうだった」

「きれいでした。ちょっとレベルが違う気がしました。しかも安いし」

桐谷さんはペットボトルのお茶を飲んだ。

「イギリスの卸で大量にドレスを仕入れて、ほとんどあの子が自分で石をつけてるのよ」

一つ咳払いした。

「おかげでみんな迷惑してる」

「安くてきれいなら、売れるにきまってます。それができるのはユリエさんの商才じゃないんですか」

桐谷さんはふんと言った。

「ユリエが何か言ったの」

「何も言っていません」

どうせ……、と何か言いかけて桐谷さんは口をつぐんだ。露骨に苛立っていた。互いにしばらく押し黙った。

古賀さんが戻ってきたのは、各級戦の表彰式が終わって、閉店の準備を始めた頃だった。

少し気まずそうな顔で、「よう」と言った。

「ずるい人。どこに逃げてたのよ」

「いや、そういうわけじゃなくて……」

搬入した時と同じように、店で桐谷さんがドレスを梱包し、私がライトバンまで運び、古賀さんが積み込んでゆく。三人とも無言で作業をした。心なしか疲れた様子で助手席に座る桐谷さんを見送った。

その日、桐谷さんとユリエさんは、結局一言も会話を交わすことはなかった。

＊

七月の上旬、不動産会社の社員がアパートにやってきた。扉を開けると、春に入社した新入社員ではないかと思われる長髪の青年が立っていた。

これ以上、家賃を滞納したら、保証人に連絡して、保証人から賃料を徴収すると彼は言った。言葉そのものは丁寧だけど人を見くだすような物言いだった。

「最悪、出てもらうことになりますから」

私は傷つきながらも、低姿勢で、これからは決して滞納しないと約束した。下げた頭をあげる。社員は、口を開けて奥の居間を見ていた。彼の視線の先には、トルソーに着せたモダンドレスがガラス戸から半分見えていた。

苦しいままだった。一ヵ月に六着、ドレスを仕上げることができる。しかし九万円では生活できない。

足りない分をローンで借りた。負債は毎月増えていた。返済が滞り、銀行から葉書が届いた。期日を過ぎたら、取引を停止すると書いてあった。仕方なく家賃を滞納して返済した。だがそれも限界のようだ。

翌日、ハローワークに行き、アルバイトを紹介してもらった。ホームセンターの駐車場で車を誘導する仕事だ。書かれていた時給なら、家賃と光熱費、切り詰めれば生活費もなんとかなる。早速連絡してもらい面接に行った。年齢も経験も問わないと言われ、即採用された。奇跡的なことに思われた。

「うちの仕事、やってよ!」

どなり声に近かったが顔は笑っていた。

彼女に駐車場での新しいアルバイトの話をした。

土日を含む週五日、朝九時から夜九時まで働くと、とてもドレスの石をつけている時間はない。

それを聞いた桐谷さんが、笑いながらどなり声になったのだ。

「分かりました」

とまず言ってみた。それでも彼女は納得いかないのか、ぐるるると獣みたいに唸りそうだった。

「駐車場の仕事に慣れてきたら、また再開させてください。半月後か、一ヵ月後か、ちょっと分かりませんが約束します。すみません」

「だいたい、あんた、なんでそんなに貧乏なのよ。どうかしてるんじゃないの」

桐谷さんは罪なく言う。そんな言い方をされると私だってどうかしているんじゃないかと思えてくる。

「なんでもいいわ。待ってるからね。とにかく仕事のほう、お願いよ」

桐谷さんはふくれたまま湯呑にお茶をいれる。

猫が足元にすり寄ってきた。柔らかな毛の感触、立った尾がすこしだけ脛《すね》にからむ。

「その後、みーちゃんは大丈夫ですか」

猫の背を撫でながら私は言った。

「大丈夫みたい。まだお巡りさん巡回してくれてるのよ」

どこかでじっと見つめている目がある気がした。息をひそめている。人間の輪郭を持った黒い影。桐谷さんの言葉を借りれば、若葉やそよ風と逆の存在。

考えてみれば案外その黒い影の芽は私の中にも潜んでいるのではないか。今の私には、焦りやジレンマや苛立ちがうずまいている。そんなものがきっかけになって膨張した黒い影に、いつ乗っ取られても不思議ではない気がする。ひょっとしたら、私は、自分で思うより危うい場所にいて、桐谷さんや叔母や古賀さんにきわどく救われているのかもしれない。

「今、何時？」

「六時前です」

初夏の夕方という感じで、オレンジ色のフィルターがかかったような屋外では蟬が旺盛に鳴いていた。そろそろね、と桐谷さんが言いかけた間合いで叔母が現れた。園ちゃん遅いじゃないと、大声をあげる。

「一つ大きな仕事が入ってて抜けられなかったのよ」

「いやねえ、中小企業の社長夫人は」

桐谷さんは楽しそうに笑った。

用意はいい？　行くわよ。みーちゃんさようなら、あんた早く出なさい。と誰に言っているのか分からない言葉が飛び交う中、三人と一匹は店を後にした。みーちゃんは自分の縄張りに帰り、私たちはタクシーに乗った。

十分ほどでタクシーを降りたら山の手の高級マンションの前だった。エレベーターに乗って二十階まで行く。大理石の廊下を端まで歩いて角部屋の重い扉を開けると、エプロン姿の古賀さんが、いらっしゃいと言いながら現れた。二十畳くらいあるリビングに通された。

「桐谷さん、どれだけ稼いでるんですか」

「ドレス売ってそんなに稼げるわけないでしょ。もともとあたしの親のもちものなのよ」

カースト制みたいだと思った。もしくは一億人でトランプの大貧民をやっているようなもの。やっぱり富める者には圧倒的なアドバンテージがあって、貧しい人は最初から逆転が難しいディスアドバンテージを抱えているんじゃないのか。それって負け犬のひがみなのだろうか。でも世の中には……、私はちらっと古賀さんを見る。こういう人もいる。古賀さんには朝日や畑や発泡酒やランニングが似合う。夜景や大理石やブランデーやガウンは似合わない。そう思ってから、それもひがみだと気がついた。ひがみっぽい自分をふり払いたくて声を出した。

「すごい眺めですね」

窓から横浜の夕焼けが一望できた。

「ここから花火大会が見られるなんて夢みたいです」

リビングのテーブルには古賀さんが作った料理が並んでいた。

「ひもじいあなたに精をつけさせる会でもあるのよ」

桐谷さんは私の肩を勢いよくたたく。

「乾杯、乾杯。何に乾杯しようか?」

古賀さんがグラスを掲げる。

「園ちゃんの、ラテン一級昇級に乾杯」と桐谷さんが声をあげた。

「叔母さん、昇級したんですか」

「そうよ。このあいだの横浜の大会で、園ちゃん、二級戦で三位になったらしいのよ」

「ええ!」

「ええって、だいたい、なんであんた見てなかったの?」

思い出した。おそらく叔母が三位を決めたサンバを踊っていた頃、私はユリエさんと出会っていたのだった。

「乾杯」私は威勢よく言った。

四人でグラスを合わせる。

「園ちゃん、入賞したんなら言ってくれればいいのに」

「そうですよ叔母さん。すごいじゃないですか」

園ちゃんは丸い体をさらに丸めてもじもじしていた。

「よし、いいから食って」と古賀さん。

勧めるだけあって焼きナスやキュウリの酢和えは絶品だった。

「ぜんぶうちの畑で採れたんだ」

古賀さんは自慢げだった。

「園ちゃん。写真見せてよ。早く、今見せて」

桐谷さんは言い出したら聞かない。叔母はしぶしぶという感じでポーチから出した。三人で叔母の写真を回した。

背中のあいた真っ赤なラテンドレスを着ていた。前面にクリスタルオーロラの石が散らしたみたいに輝いていた。スカートはオーガンジー素材のミニで、ももがあらわになっている。挑発するような表情、なまめかしく足を絡ませるキメのポーズ。

「かっこいいじゃないですか。おじさんに報告しなきゃ」

「何言ってんの。絶対やめてよ」

「これ見て」

桐谷さんがみんなの前に出したのは表彰式を撮影した写真だった。叔母が三位のトロフィーを受け取りながら泣いていた。私たちまでしんみりしそうになった。

「もういいでしょ。やだわ、ほんとに」

叔母は写真を没収した。

「お、始まったよ。花火」

古賀さんがワインを飲みほして立ち上がった。

私たちも立ち上がって窓に近づいた。

意外なほど近くで、轟音とともにたくさんの光がまたたいていた。桐谷さんが部屋の照明を落とした。花が開くたびに部屋の中が明るくなった。尾を引いて上昇し、炸裂しては消える光が、一瞬だけ命を燃焼して息たえる生きものに見えた。彼らは自分の命の短さを悲観したりしない。むしろ爆発することで、一瞬だけど生きたあかしみたいなものを誇示しているふうなのだ。その生きものが爆発のたびに私に問う。お前は何のために生きているのかと。


月曜日から駐車場の仕事が始まった。朝、事務所に行くと制服と帽子、ホイッスルを支給された。それから半日がかりで先輩職員について仕事の基本を学んだ。ストップとか、お通りくださいとか、右へ、左へ。間違うと事故が起こりかねない。大切なことだ。休日は仕事がタフになるので、それまでに慣れておくようにとアドバイスされた。

昼に近づいて気温が上がるとこたえた。暑さのせいか胃腸の調子が悪く、出される弁当も食べきれなかった。

仕事を終えて帰ってくるなり、布団の上に倒れる。深夜に足の張りで目が覚めた。明け方まで眠れないこともある。

一週間ほどたって、叔母から電話がかかってきた。

元気？　と訊かれて、はあと答えた。

「無理しなさんな」

「無理も何も、収入がなければ家賃も光熱費も払えないですよ」

「だからって体を壊したら、稼ぐこともできないよ」

私は黙った。せっかくの叔母の親切なのに苛立った。

「一つ訊いていいですか」

「なに」

「ユリエさんは、桐谷さんのこと、許せないんですか」

今度は叔母が黙った。

きっと事情を知っていると思った。しかし彼女は、いろいろあるのよとお茶をにごした。

電話を切ってから、何回も水道で顔を洗った。苛立ちの根がどこにあるのか分からない。部屋の隅に自分によく似た姿の影がうずくまっている気がした。胃が痛んだ。

朝仕事に向かい、帰ってきて寝る。それだけの日々だった。ドレスが部屋からなくなっただけで、こんなにも生活が変わるものかと思った。カップめんやおにぎりが主食になり、自炊の回数は極端に減った。部屋の中がゴミであふれてきた。身ぎれいにすることも忘れそうになった。桐谷さんにはしばらく連絡していない。

ひと月近く過ぎたある日、仕事から帰ってきて、電気をつけた瞬間、部屋の中の荒れ方を見て我に返った。あぶないと思った。本当に黒い汚物みたいになってしまうかも知れない。

次の休日、思い切って掃除をした。ゴミを片付け、三回洗濯機を回し、一週間分のベジタブルカレーを作り、千円カットで髪を切った。そして外出した。

＊

上京して初めて代官山の駅で降りた。街全体になにか浮ついた空気を感じて落ち着かない。名刺の地図をたよりにクラリスの本店に行きついた。レンガの外装がシックな感じのビルで、晩夏の夕方の気配に溶け込むようだ。

店の中にはたくさんのドレスが展示されていた。店員の女性は上品で、フラウのフランクな雰囲気とは正反対だ。シャツにジーンズ姿の私は、あきらかに場違いだった。女性店員の視線に、怪しいものではありません、冷やかしでもありません、という旨を伝えたくて、「桐谷さん、今日はいらっしゃらないのですね」と笑顔を向けた。

「あいにく席を外しておりまして」

「あ、かまいませんよ。ちょっと、ドレス見せていただいていいですか」

そんな手続きをへて、ゆるしを得た感じだった。

ユリエさんの趣向なのか、ラテンよりモダンのドレスが多かった。縫い付けるタイプの大きなスワロフスキーをふんだんに使った豪華でエレガントなデザイン、四千個近く石がついていると思われるドレスもあった。

一着、一着、時間をかけてじっくり見た。幸福な気分になる。こんな穏やかな気持ちばかりをつむいで日々生活できたらどんなにいいだろうと思った。

「素敵ですね。ありがとうございました」

女性店員に告げて店を出た。

駅に向かって歩きはじめたところで「須藤さん」と背後から声をかけられた。振り向くとユリエさんが立っていた。

「せっかく来て下さったのにごめんなさい。いま出先から戻ったんです」

店に戻ってお茶でもと言われたが断った。ドレスを見るならいくらでもいいけど、店員さんのいるお洒落な店でお茶は気づまりしそうだった。

「この後、何かご予定ありますか」

「いえ、特には」

「もうすぐ閉店なので、お食事でもいかがですか」

私は黙る。ユリエさんの真意がつかみかねた。どうして私を食事に誘う必要があるのだろうか。あいまいな笑顔でごまかしているうち、何となく思い当たった。ひょっとしたら桐谷さんの、母親の様子や近況を私から聞きたいのではないか。それなら納得がゆく。

午後七時を過ぎるころ、ユリエさんに案内されて、恵比寿駅近くのスペインバルに入った。庶民的な店で私はほっとした。

ワインを注文してから、ユリエさんが口を開く。

「失礼になったら、すみません。一つお訊きしていいですか」

「何でもどうぞ」

「須藤さんが、店にいらして下さったのって、母と何か関わりがありますか。たとえば、母に頼まれたからとか」

　私は吹き出しそうになった。

「まったく関係ないですよ。横浜の大会の時も、今日も、桐谷さんは全然関係ありません」

「ごめんなさい。変なこと訊いてしまって」

「ただ、ユリエさんの店のドレスを見たくて、お邪魔しただけです」

　料理が来たので一時、私は言葉を止めた。

「で、本心を言うと……、怒らないで下さい」

　彼女は微妙に笑んだ。

「スワロフスキーのデザインを勉強させてもらうつもりでした。言い方はきれいですが、要は、石をどうつけたら美しく見えるのか、センスを盗もうとしたんです。すみません」

　ユリエさんは声を上げて笑った。ひとしきり笑った後、あっと声をあげた。

「ひょっとして、フラウのドレスに石をつけているのって須藤さん?」

　恥ずかしさと後ろめたさで何も言えなかった。

「なんだ、そうだったんだ。あの母が、きれいに石をつけるなんて無理だと思ってたんです」

「からかわないで下さい」

「そんな、からかうなんて。サイトでよく拝見してますけど、とても素敵だと思いますよ」

もう駄目だと思った。ホームページ開設しましょうなんて、桐谷さんに言わなければ良かった。

「もし私が選手だったら、須藤さんのドレスを着てみたいって思います」

自分でも表情がこわばるのが分かった。

そんなお世辞を言ってほしくなかった。ワイングラスを持とうとして伸ばした手が震えた。

馬鹿にしないでくださいという言葉をこらえて「これでも善し悪しの判断はできるつもりでいます」とだけ言った。

気まずい沈黙が流れた。

「どこが駄目か、教えてもらえませんか」

ユリエさんはすぐには返答しなかった。その間に（だめなところなんてないですよ）という社交辞令を呑みこんでくれたのだろう。

「お願いします」

「では、一つだけ言わせていただきます」

彼女の言葉を待った。

「もう少し、自信をもたれたらどうでしょうか。他の店の研究も大事かも知れませんが、それより大切なことがある気がします」

「気持ちの問題だと」

「私はそう思います。何千個もつけるわけだから、石の配置には良かれ悪しかれ、つけた人の心が反映すると思います。須藤さんの石、私は好きです。繊細だし優しいし、とても穏やかです」

彼女はワインを一口飲んだ。

「すみません、大したこと言えなくて」

「僕の石は自信なさそうに見えますか?」

「ダンスなんですよ。時には空を飛ぶみたいに踊ってみたらどうですか」

それを境に、二度と深刻な話にはならなかった。

ユリエさんは第一印象とは違って陽気な女性だった。選手時代に大会のファイナルでライバル選手と足が絡まって転倒した話や、冬の大会でレッグウオーマーをつけたまま本番で踊ってしまった話、ダンスの最中にファスナーが壊れ、胸を押さえながら最後まで踊った話、にわかには信じられない経験を彼女は話した。冷静に考えれば冗談ではないけれど、彼女の話し方がたくみで、私は時間を忘れて笑った。

もう一度、踊りたいんじゃないですか？

笑いながら私は心の中で問う。

空を飛ぶみたいに踊りたいのは、本当はユリエさん自身じゃないんですか。商売をしている姿も素敵だけど、華麗に舞う彼女の姿をぜひ見てみたい、と酔った頭で思う。

終電近くまで飲み続けてボトルを二本空けた。ユリエさんは桐谷さんのことを訊くことはなく、私も彼女のことを話しそびれた。ユリエさんと桐谷さんの関係は複雑かも知れない。でも私にできることは何もない。二人とも魅力的な女性。それがすべてだった。

百円単位まで割り勘にして外に出る。

夜風が気持ちよかった。

「新しいドレス、楽しみにしています」

「ありがとう」

「また飲みましょうね」

握手して別れた。彼女はタクシーに乗り、私は恵比寿駅に向かった。

＊

久しぶりにフラウを訪れた。音信不通になっていたことを桐谷さんに謝るため、そして仕事の再開を頼むためだった。

彼女はオレンジ色のコスモスの花束に囲まれて、つまらなそうな顔で店の中に座っていた。

入って行くと、笑いながらいらっしゃいと言った。

不義理を謝る私の話は全然聞いていないようで、「あんた、よく生きてたわ。でもずいぶん痩せた」と言った。

「園ちゃん心配してたわよ。大丈夫なの？」

「健康そのものです」

アウと鳴いて、みーちゃんが体をすり寄せてきた。

私はみーちゃんの頭をかきながら、もしまだチャンスをいただけるなら、石をつけさせて下さいと言った。

「待ちかねたわ」

桐谷さんは早速立ち上がった。

「一つお願いしていいですか」

「なに」

「石つけ代金要りませんから、三千個つけさせてもらえませんか」

「さんぜん」と声を上げた。

「ただで?」

「はい。そのかわりドレス選びも、石つけも僕の自由にやらせてください」

なんなのよと桐谷さんが不審な表情なので私は再度押した。

「好きにすれば」

言い方とは逆に、桐谷さんの機嫌は少しだけ良くなった。

「ああ、アイス食べたい」

つぶやきながら冷蔵庫へと向かう。

ダイエットしなきゃあと言っていたのに、間食ぐせは一向に直ってないらしい。

「あなたも食べなさい」

「ありがとうございます。でも遠慮しておきます」

「ねえ、このコスモス見て。昨日、河川敷で摘んできたの」

「勝手に摘んだら怒られるんじゃないですか?」

「なんでよ。自然に咲いてる花なのよ」

桐谷さんはキレイとつぶやいてアイスを食べる。コスモスとアイスの相性はいいようだ。

「春には春でとてもキレイ、若葉や風や青空、そんなものに満ちあふれて、秋には秋でそれもとてもキレイ、柔らかい、穏やかな美しさなのね。世界ってどうしてこんなにキレイなのかしら」

私はうまく答えられない。

「そういえば昨日ね」

「はい」

「店の前に母親と子供がいたの」

「はあ」

「別にどうということじゃなくて、三歳くらいかな、男の子が駄々をこねて座りこんじゃって動かないの。よくあることじゃない、そういうのって」

「はあ」

「そしたらね。若い母親が子供に向かって怒鳴るのよ。バカ、シネって。それだけじゃなくて、ばしばし叩くの。ひどいと思わない?」

「ひどいですね」

「でしょ。自分で産んでおいて、シネって、ありえないわよね。どうしてそんなことになるのかしら」

桐谷さんはため息をつきながらアイスを食べ終えた。

「あ、思いだした。捕まったのよ」

「誰がですか」

「犯人」

「みーちゃん脅迫の？」

「そう。いろんなところで似たようなことしてたらしいのよ」

どんな人だったんですか？　訊こうとして躊躇した。もし犯人が今の自分と似通った人間だったらと、一瞬思ったから。でも私が訊くまでもなく、桐谷さんはしゃべっていた。

「小学生だったの」

えっ、と言ったきり言葉を失った。

「なんか、やりきれないわ」

確かに、胸が重くわだかまる。

「そう、それであたし思ったのよ。昨日見た、母親にシネって言われて叩かれてた子供が小学生になると、そんなふうになっちゃうんじゃないかなって」

私は黙った。

「おかしいと思わない？　おかしいっていうのは……、正確には分からないけど、私たちを取り巻くこの空気にね、何か狂気の原因になるようなものが混じっているような気がするの。私たち、知らず知らずのうちにそれを吸っちゃってる」

「狂気のもとみたいなものをですか」

「そう」

「僕らもですか」

「そう。みんな。吸っちゃってる」

「だとしたら、いずれみんな狂うかも」

「遅かれ早かれね」

桐谷さんは、世界はキレイで満たされていると言い、同時に私たちが吸っている空気に狂気の原因が混じっていると言う。私には彼女の言う意味がしっくりこない。世界をキレイと見るのも、狂気と見るのも結局は自分じゃないのかと思うのだ。当たり前だけど。世界は私たちの心持ち次第でキレイにも狂気にもなる。でもそう考えると私たちの見ている世界は、ぜんぶただの現象で、大して意味がないことになる。木々の芽ぶきや赤ん坊の笑い顔と、生きものの命を奪おうとすることだって現れの違いでしかない。でも、それらが意味のないただの違いに過ぎないとは思いたくない。何かが決定的に違うと、私の体の中の何かが言わせる。ホラー映画みたいに狂気が伝染して、人間がみんな醜い顔になってゆく様子なんか想像しても、到底いい気分にはならない。

「やだ、ほんとに怖くなってきた」

膝の上で眠るみーちゃんを撫でながら言う桐谷さんは本気で怖がっているみたいだった。

帰り際、店内のドレスを見せてもらった。

店の奥で、背中が大きくあいた、細みでシルエットの優美な真っ白のモダンドレスを見つけた。特別な雰囲気を感じた。

「このドレスでお願いします」

告げると、桐谷さんはじっと見てから言った。

「人がドレスを選ぶものだけど、逆にドレスが人を選ぶこともあるわ。人を選ぶようなドレスは売れないものよ。分不相応だと人のほうが思うのね」

そしてこう続けた。

「そんなドレスはね、自分を着こなせる人を知っていて、その人が現れるのを待ってるの」


この日から生活が変わった。

仕事から帰ると、真っ白なドレスの石つけに没頭した。つけているのは自分の手なのに、勝手に何かにつけさせられている気分だった。オーロラ、クリスタル、ローズ、ドレスの上に石がうずまいていく。宇宙に銀河ができていく時って、ひょっとしたらこんなふうに見えるのではないだろうかと、ふいに思った。

他人事みたいに、いいなあと独りごとを言う。

でも星々ができていく様子を見るのは、思った以上に疲れるようで、次第に目が開かなくなり、沼に沈みこむように眠ってしまう。

ドレスは二週間ほどでほぼ完成した。

「健康そのものです」と桐谷さんに言った時も、その後も、自分ではまあまあ元気だと思っていた。逆に言えば、健康でなければならないと思っているうちは、不健康な状態になっていても、そのことを認められない、もしくは認めたくないと無意識に思っているのかもしれない。

木々が色づき始める頃にそれは訪れた。昼間、大きく手を回しながら車を駐車場に誘導している最中に、強烈な腹痛を感じて、アスファルトの上に倒れた。突然だったので、誘導していた車の下敷きになっていてもおかしくなかった。

数人が頭上で会話しているのが何となく分かった。喧騒の中で誰かの「生きてる？」と言う声が聞こえた。口を開いて返事をしようとしたが声は出なかった。アクセルを踏んでも反応しない、エンジンが止まった車に乗ってる気分だ。

救急車のサイレンの音がした。人の声と光の明滅が入り混じった。記憶にあるのはそのへんまでだった。

＊

夢を見た。

私は十歳くらいの子供だった。メリーゴーラウンドの派手な装飾の木馬に乗っている。でもその木馬は太い棒で体を貫かれて回転しているわけではない。空を飛んでいた。着陸前の旅客機くらいの高度をすべるふうに。町や川が眼下に見えている。あまりの高さに恐怖をおぼえた。最初、泣きそうになりながら首にしがみついていたが、体重のかけ方によって木馬が自在に動くことが分かった。左右上下自由に飛べるし、その気になればアクロバティックな動きも思うままだった。自分の意思に合わせて木馬が飛んでくれるのだ。息が合ってくる。そのことが、次第に楽しくなる。楽しいと思っている自分を意外だと感じた。自分はこれを楽しいと感じるのだと。なら楽しんでみようと思う。私は調子に乗り、真っ青な空の中で、奇声を上げながら木馬とともに飛び回る。

気がつくとベッドの上に横たわっていた。今度は夢ではなさそうだ。ベッドのそばに大げさな機械が設置されていた。心電図の実物をはじめて見た。若い女性の看護師がいた。あの、と声をかけると、腕時計をちらっと見て、大丈夫ですかと言った。何が何だか分からなかったけれど大丈夫ですと答えた。頭はぼおっとしていた。

看護師はちょっとお待ち下さいと言って扉の外に出る。しばらくして私と同じくらいの年齢の男性が入ってきた。医師の山崎です。彼は言った。

「お話しできますか?」

「はあ」

「須藤さん、ご自分が倒れたのは覚えていますか」

「なんとなく」

「昨日、救急車でこの病院に搬送されました。その時点で、腹腔内に深刻な炎症を起こしていました。腸が穿孔《せんこう》している可能性がありましたので、すぐに試験開腹をしました。結果、お腹の中に膿が大量に溜まっているのが見つかりました。でも早急に適切な治療をしたのでもう大丈夫ですよ」

「はあ」

「麻酔が切れると、痛みがあるかと思いますが、その時には対処しますので、我慢しないで看護師に言って下さい」

「はあ」

「お呼びしていいよ」これは看護師に向かって言った。私に対しては「おだいじに」と告げて彼は出て行った。かわりに叔母が入ってきた。泣きそうな顔をしていた。ベッドのそばまできて、本当に涙をこぼした。

「すみません」

「どうしてこんなになるまで放っておいたの」

うまい答えが見つからない。

「兆候があったでしょうに」

押し殺すような声だった。

私は黙ったままだった。

彼女は鼻をすすっていた。

「あの、叔母さん。ちょっと……」

「なんか欲しいものでもある?」

「さっき医者に訊きそびれたんですが、いつごろ退院できるんでしょう。それと手術費や入院費、どうなってるんでしょうか。保険入ってないんですよ」

「あなた、何言ってるの」

「何って」

「姉さんも、お兄さんも、こっちに来てるのよ。うちの旦那も含めて話しあいをしたんだけど……」

「叔母さん、うちの親に全部言ったんですか」

「当たり前でしょ。自分が置かれた状況、分かってるの。あんた、死にかけたのよ」

しにかけ、ピンとこなかった。顔を横に向けた。ブラインドの向こうに空の青が見えた。

「もう、このままじゃ駄目。一度、丸亀に帰りなさい。兄さんは不動産会社にアパートの解約に行っている。姉さんはあなたの部屋の掃除に。あとのことは何も心配しないで、治療に専念するのよ」

「終わりですか」

「そういうふうに考えては駄目。やり直すのよ」

「やっぱり終わりじゃないですか」

「傷が治れば退院できる。今は、体も心も休めて、それから自分に合った新しい仕事をまた探せばいい。分かった？」

また空を見つめた。

「自分を責めないで。あなたは悪くない。今の世の中がおかしいのよ」

「違うでしょ。世の中なんて関係ない！　僕、個人の問題です」

無意識に怒鳴っていた。体中に自分の声が響いた。

「お願いだから、おちついて」

「少し一人にしてください」

「分かった。何かあったらいつでも呼んでちょうだい」

叔母は部屋を出て行った。かわりにまた若い看護師が入ってきた。どうやら一人にはなれないらしい。私はやはり窓の中の青空を見ながら、靄《もや》のかかった頭で考えた。

アパートの掃除に行った母親に、トルソーに着せたドレスを見られたと思うと気が重かった。せめて見られる前にちゃんと事情を説明したかった。全身に三千個のスワロフスキーが輝く真っ白なドレス。

あ！　と心の中で叫んだ。

何やってんだ。自分には、やらなければならないことがあった。とても大切なことが。

「すみません。外に叔母がいると思いますから、ちょっと呼んでいただけませんか」

私は看護師に告げた。

＊

須藤宏之様

あなたが居なくなって、つまんないわ。

秋になって葉っぱが落ちて、ただでさえ気分がふさぐのに。あたしも、古賀さんも、園ちゃんから話聞いたときは心配したのよ。でも命に別状なかったみたいだからほっとした。人生、そういうときだってあるわよ。だいたいあんた、何でも深刻に考えすぎ。思いつめないで、ゆっくり休みなさい。

こっちにいるときはいろいろありがとう。ひとことお礼を言いたかったの。だからこんな手紙を書きました。めんどくさいかもしれないけど、ひまつぶしに読んでよね。

あなたが帰っちゃったから、ドレスに石をつけてくれる人を新しく募集しました。知りあいもあたって探してるの。でもなかなかうまくいかない。いい人が見つからない。途方にくれているわ。ホームページもせっかく作ったのにやり方わからないから止まったままだし。

書いているうちにだんだん腹が立ってきたわ。どうしていなくなっちゃったのよ。まったく。

腹が立ったついでに思い出したわ。先月、びっくりすることがありました。

フラウにユリエが来ました。

あの子が店に来るのははじめて、面と向かって会うのも五年ぶり、本当にびっくりした。あたしはびっくりしたけど、あなたはそんなにびっくりしないでしょうね。だって考えてみれば、あなたが裏でこそこそ何かしたとしか考えられないもの。まったく、自分は死にかけてたのに、他人の家の問題に首突っ込んで、どこまでおせっかいなのかしら。

まあ、いいわ。店に入ってきたユリエが言うの。新作の白のモダンドレスを見せてほしいって。トルソーに着せて飾ってあったドレスをあの子に見せた。彼女は試着したいって言った。

試着室の前で着替えるのを待っている間、すごく変な気分だった。二十年くらい前に戻った感じ。あの子がまだ小学生で、ダンスを習い始めた頃、私が教室に連れて行ったり、一緒にドレスを買いに行ったりしてた、その頃に。こんなことあなたに言っても仕方ないわね。

カーテンが開いた。ユリエが立っていた。彼女の体にドレスはぴったり合っていて、前身ごろも後ろ身ごろも直すところが全然ないの。まるでオーダーメイド。石の配置も光り方も、あの子の体に合わせてつけたみたい。

ふいに、ぞっとした。因果。よく分からないけど、そういうことって、まれにあるのね。ユリエも感じたみたいだった。あなたのドレス、買ったわよ。私は一円もまけなかった。あの子、三十万、即金で払った。それで店を出て行った。プライベートな会話はなし。でもとても不思議な感じ。

その日は一日仕事にならなかった。

先週の日曜日、古賀さんと園ちゃんと、三人で日本武道館に行ってきました。出店ではありません。JBSFプロの全日本グランドカップを見に。娘だからじゃないわよ。ユリエは三十万その場で払ってくれた。ありがたいお客さん。しかも、あなたが心をこめて石をつけたドレスを着て出場するわけだから。みんなで応援に行くのがすじでしょ。

古賀さんがビデオをとってたし、園ちゃんも写真たくさんとったけど、送りません。もちろん結果も教えない。

でもこれだけ。ユリエがファイナルで踊ったスローフォックスとクイックステップは最高にエレガントだった。見れなくて残念だったわね。ざまあみろだわ。

まったく、なんか泣けてきた。ほんとに頭に来る。もう書くのやめます。みーちゃんに餌やんなきゃ。じゃあね。

追伸　モダンドレス、一着送りました。あなたが使いそうなスワロフスキーも適当に選んで二千個くらい入れてあります。仕事しろっていう意味じゃないの。ひまなときに気が向いたら遊び半分でつけてみなさいよ。もし完成したら送ってくれればいいし、できなかったらそれでいいの。

ユリエがあなたとまた飲みたいって言ってたわ。

これで本当にさようなら。早く元気になって。

桐谷ヨリコ

青空クライシス

店の前に立っていると学校帰りの小学生が私の姿を見て、トカゲマンなどとはやし立てるのがわずらわしくて仕方ない。左肩から腕へ全長一メートルの生きたバーニングサウザンモニターにしがみつかれた私の姿は、彼らにとってきっと『トイザらス』で売っている張りぼてとは格が違う、最新のテクノロジーで作られた合体武器や、魔力による生物の融合にさえ見えるリアルなキャラクターなのだろう。バーニングサウザンモニターは最大二メートル近くになるアフリカ南部の森林に棲む肉食のオオトカゲである。胴回りは大人の腿ほど、黒地にベージュの縞模様が入った硬い皮膚に覆われ、背中に一センチ前後の棘が一列に並んでいる。大きな口でウサギくらいなら丸呑みにする。そんな生物が実際にしがみついているわけだから。

彼らは最初、一種畏敬の念をもって、やや離れた場所からながめていたが、時間がたつにしたがい私に対して戦いを挑もうと息巻いてきた。私の身体のありえなさ加減が子供の感性を著しく刺激し、かつオオトカゲと合体して見えるビジュアルが邪悪な対象だと判断されたのだろう。それにしても何たる偏見。

「やる気か、ガキども」

トカゲマンはこの忙しいのに正義を気取るガキどもをコテンパンにするため立ち上がる。小学生どもは一度はワッと散るが、また妙なポーズを作りながら攻撃してくる。私は

「お前らこれでも食らえ」と左手のトカゲブラスターを構える。「危ない！」と叫びガキどもは散る。トカゲブラスターは火を噴くかわりに、私の耳元でガシュとくしゃみをした。鼻から塩のようなものをたらしていた。

「ソーマさん、仕事してくださいよ」

バイトの柏木くんが白い大きな布地を倉庫から見つけてきてくれた。適当な大きさに切って、骨折した人みたいに左手を首から下げた。あいかわらず仕事はやりにくいけど動きやすくはなった。顔を左に向けるとちょうどトカゲの耳に口があたる。トカゲの口も私の耳にあたる。ひそひそ話ができるように。小学生とは異なり柏木くんは私を「イタイ人」と呼んだ。包帯みたいに吊り下げたことでイタさ倍増なのだそうだ。彼はこうも言った。「ずっとトカゲと合体して生活したらいいんですよ。インドの行者みたいに。それでギネス記録目指してください。ソーマさん人類より爬虫類愛してるからきっとやれますよ」甲高い声で笑った。沈めるぞ柏木くん。

実際にバーニングサウザンモニターを飼育していないかぎりトカゲマンになってしまう確率はゼロに近いだろう。その点ここが爬虫類ショップで私が店長であることを考慮すれば可能性のないことではない。とは言え、この状況は決してありふれたものではない。

いつになく心穏やかに一日のスタートを切ったはずの私が、いかなる経緯でオオトカゲにしがみつかれるという事態に至ったのか、八時間ほど遡《さかのぼ》ってまず説明せねばなるまい。

午前七時、私はさっちゃんの指がペニスの先をするするなでてゆく感覚で目覚めた。でも覚醒と言うにはやや遠く、しかし隣を見るとさっちゃんも寝ているのか起きているのか、どうやらその中間という気配で、私もTシャツの上から彼女の乳首を優しく撫でると、お互いに朦朧としたまま体の一部分だけを硬くして、はっきり目覚めるまでの生ぬるい時間を味わうのだった。

「朝ごはん食べてって」

朝ごはん、ふいに懐かしいひびき。さらに朝ごはんを食べるという感じ、これにもはっとさせられる。ささいなことだけど、いつの頃からか形骸化していた気がする。もやのかかった頭の中でこれから起きぬけにコンビニのパンやファーストフードでもない「朝ごはん」を食べるということを反芻する。さっちゃんはもう布団の中から体を起こそうとしていた。かすかな体臭を含んだ暖かい空気がゆっくり顔の前をよぎる。彼女は髪をかきあげながら枕もとのメガネをかけて台所へ向かった。

私はテレビをつけ朝の情報番組を見ながらまだぐずついている。彼女の部屋で朝を迎えるのは初めてだった。決して長い付き合いではない。今までは親しい客と店員という関係でしかなかった。肌をあわせるほどに親しくなったのはここ一ヵ月ほどだ。

若い女子アナとその父親ほどの年のベテランアナウンサーが二人並んでお遊戯みたいな動きをしながらしきりに何か叫んでいる。音をほとんど消しているので声は聞き取れないが、これが聞こえたらテンションの高さに朝っぱらからさぞ不愉快になるだろうなと思うのだった。

さっちゃんがカップを二つ手に持って台所から戻ってきた。さらに食パンも。テーブルの上に散乱した雑誌を私が重ねてスペースを作ると、そこに湯気のたつカップを置いた。なに？　と訊くと、マンダリンスープと答える。なに？　とまた訊いた。飲んでと彼女は言ってメガネを白く曇らせながら自分のカップを口元に持ってゆく。私もいただきますと感謝して久しく忘れていた朝ごはんを何か恥ずかしい気分でいただく。コンソメと蜜柑が混じったようなスープの中にニンジンや玉ねぎが入っていた。今までにない、何というか不思議で新たな味わいだった。

さっちゃんの存在を感じながら目覚め、何とかスープを胃に流し込んで始まった朝は三十代半ばの男の一人暮らしにはない格調高いものだった。キスをして、また後でと互いに声をかけ、私は一足先に下宿を後にした。

彼女が働いている『上海料理　金龍』は三階建ての小さな木造の建物で二階がさっちゃ

んの部屋、三階が倉庫になっている。したがってその朝、私は金龍の二階から階段を降りて徒歩一分の場所にある『爬虫類ショップ　エニグマティック』へ出勤したのだった。

八時、店に入るなり中央の棚の上で飼われているジャンガリアンハムスターが死んでいるのに気づいた。ペットショップだから販売している生体の中に調子のよくないものもいて毎日のように何かが死ぬ。今朝のハムスターは出産経験のある個体で、子供が取れればとペアで飼育していたケージ内で食べられていたのだった。共食いというと凄惨なイメージだが、魚の食べ方の上手な人が焼き魚を食したみたいに毛皮と一部の骨を残して食べつくされている。暗闇の中、腹に頭を突っ込んで内臓を食っていたであろう個体は、私に気づくと餌をもらえるものと思ってか、後脚で立ち上がって愛くるしく鳴くのだった。

右手の親指と人差し指で背の皮をつまんで持ち上げる。ハムスターの前脚が横に開いた。毛の薄い腹がせり出す。青黒い内臓が透けて見える。顔の皮膚も背中に引っ張られ、ストッキングをかぶった強盗の表情だった。黒い二本の前歯が飛び出ている。ひくつく口吻へ顔を近づけると大便のにおいが鼻をついた。

ハムスターをケージに戻し、平たく乾いた遺骸を取り出す。新聞で包んだ上からマジックで「ジャンガリアンハムスター　共食い」と書き冷凍庫に入れる。店の中で死んだ個体は新聞紙で包み、死因を書いて冷凍しておく決まりだった。月に一度社長がまとめて本社に持ち帰る。

仕事を始めて間もない頃は、消化しかけのウサギをニシキヘビが吐き戻す様子や、フトアゴヒゲトカゲが生きたネズミの頭だけ食べて、残された胴体が痙攣《けいれん》し、首の断面から一定のリズムで血が流れる様子が、食事中に思い出され、食べかけのコンビニ弁当をビニール袋に吐いたこともあった。エニグマティックで働き始めて四年、その手のことには一応なれたつもりでいる。でも食事中にふと、動物の身体の部位を口の中で噛んでいるという思いにとらわれ、肉の歯ごたえが耐えがたく感じられることがある。噛めなくなったら強引に飲み込むことにしている。他の生命を食うことの生々しさに近づいた気分になるけれど食事中には困るだけ。味わわないですむものなら、そうありたいと願う。そもそも食うことのリアルさなんて、今じゃきれいに隠されているのだろうけれど、ひとたび本当の食う行為が実践されたら、きっと装わされている社会性など剝《は》ぎとられてしまうかもしれない。そんな気がする。

レジのカウンターに腰を下ろし、引き出しから十センチ四方の厚紙を取り出し、ブルーのマジックで書く。共食いをするから一匹で飼えと書いてあることに一体何人が気付くだろうと思いながら。

おいらはジャンガリアンハムスター
おいらを飼うときは一匹で飼ってね！

道沿いに植えられた泰山木を正面に見る。一杯のコーヒーで開店準備を始めるまでの十五分間を、茂った葉が陽光を受け、ばらばらに点滅するライトのように風になびく様子を眺めてすごす。

七年間勤めた会社を三十歳で辞めた。老舗の証券会社から枝分かれした『ブレインマーケット』という名のネット取引専門の証券会社で出版部に勤務していた。「今日から始めるネット取引」「ネットトレーディングマガジン」そんな雑誌を作っていた。本当にあるのかどうかハッキリしない世界に嫌気がさして、逆にナマの感触の確かなものをもとめずにはいられなくなったに違いないと、ある人は私の転身を分析する。

ちなみに仕事を辞めた理由を一言で説明するのは難しい。職場に怠け者はいなかったはずなのに、私に仕事ができない人間のレッテルが貼られているらしいと伝え聞いた。私のことをよく知る同僚は火の粉が飛ぶのを恐れてか、我関せずだった。スケープゴートにされているのかなと思い始めたら本当に仕事が滞ってきた。徐々に干され、いい加減居づらくなり、何のあてもないのに「新しくやりたいことができたので転職します」と宣言したら、送別会をされて笑顔で送り出された。ちなみにこれもリストラと言うのだろうか。

しばらく失業保険で食いつなぎながら、パチンコをしたり図書館で本を読んだりして過ごした。エニグマティックに勤め始めたのは半年ほどたってからだった。

今の仕事を始めた理由。ネットトレードと爬虫類。もし第三者が言うように精神的なバランスでというのなら八百屋でも生花店でもよかったのではと自分のことながら思う。実態を感じようと感じまいと、ネットトレーディングもペットも俯瞰《ふかん》して見れば、きっと同じ経済システムの中に取り込まれているわけで、その距離は大きな池の中に配置された二つの地点の見た目の開きくらいでしかないのでは。八百屋や生花店ならなおさらだ。そんな紋切り型の理屈に違和感を覚えるけれど。

しかし私は爬虫類ショップを選んだ。店に入り小哺乳類と爬虫類と両生類の姿を目の当たりにして、生物たちのもつ肌触り、においといった具体的なものとして取り出せない、存在の絡み合いみたいなものが琴線にふれたのだろうか。仕事にしてみたいという感情が盛りあがる雲くらいの速度で湧いてきたけれど、まだ摑めるような質感ではなかったものだ。それ以上の答えらしきものは業界の構造に取り込まれ、そのうち否応なく現れてくるものだろうと勝手に思い込んでいた。

それはそうと今は爬虫類ブームなのだそうだ。ここ数ヵ月で三人のお客さんから聞いた。カブトムシ、クワガタのブームとともに一気に火がついたのだとニュース番組で報道されていたという。私には爬虫類ブームはまったく知らない世界の出来事で、そんなものを身近に感じたことはない。でももし本当にブームならこの店を切り盛りする人間として、ブームの祭囃子の中でひと踊りして、一応売り上げに貢献しておかなければならないとは考える。ただブームは私の知らないところで始まり、同様に気付かないうちに終わってしまうのかも知れない。その可能性は非常に高い。なんせこの三年間、売上の推移は軟調だ。渦中にいる者以外がブームを実感する。これは極めて困難なことだ。しかしブームの渦中とは何だろう。

開店前の二時間で店にいる五十種類すべての動物のケージを掃除し餌を与える。ドアを入って右側は壁沿いに爬虫類のケージが並んでいる。トカゲ、カメ、カメレオンなど。店の中央には二つの棚があり一つにはヘビ、もう一つにはリス、ハムスターといった哺乳類とカエル、イモリなど両生類。左側の壁沿いにはケージと飼育器具を並べてある。雑巾やほうき、卓上クリーナーで糞と汚れをとりだし、ひどい場合は洗浄する。

九時半を過ぎた頃、小さな箱と大きな段ボール箱を胸に抱えて、あわただしく光村社長が入ってきた。白い革靴に白いスラックス、桃色のトレーナーを着ている。社長のよそおいは若干の色彩の変化はあっても、おおよそそれを基本にしている。五十代後半、一年中日焼けした顔にレイバンとおぼしきサングラス、よく外国タバコをくわえている。若い頃、昭和五十年代にヒットしたテレビアニメに便乗し、アメリカから大量のアライグマを輸入したことで名を知られた人で、都内の一等地に建てられた本社は今でも「ラスカルビル」と呼ばれている。買えるだけのアライグマを買い付けて、社長が輸入した総数は当時二万匹近くに達したそうだ。そのほとんどが店頭に並ぶそばから飛ぶように売れたという。なるほどこれなら社長はブームの渦中にいたと言えるかも知れない。ブームは津波のように押し寄せ、彼は紙幣の舞う大波の中で乱舞しブームを体感する。

しかしアライグマは実際に飼ってみると、アニメのキャラクターとは雲泥の差だった。それが知れ渡ってブームが終息したそうだ。理由は明確、一見愛らしいが裏腹な面も備えている。貪欲で狡猾、巧みに逃げて半野生化し屋根裏に棲み着き、残飯をあさり、ところかまわずそそうをする。生物としては賞賛に値するが、およそ愛玩動物としては不適合だ。社長は当然知っていた。しかし需要に対して即座に応えた自らの手腕を誇りに思っているようだ。「勝ち」という単語を頻発しながら、彼は当時の状況を酔ったように話す。入社してから私は社長の武勇伝を何度も聞かされた。

「相馬、パーソンだ。パーソン。これ、目玉にしろよ」

社長はカウンターの上に小箱を置いた。私は挨拶しながらそばに立ち、箱を開けるのを見ていた。中には布袋が入っていて表面が緩慢に動いている。口を開くと体長二十センチほどの暗い色のカメレオンが這い出した。私は集中して見つめる。腹の奥で苦く、不吉なものがわだかまるのを感じた。

「ちゃんと立ち上げてから出せよ」

「はい」

「二十一万でいけ」

「社長それは高すぎるかもしれませんが」

私が口答えするのが意外とでも言いたげに顔を上げる。

「文句あんのか？　オレンジアイだぞ。二十一。売れたらそのまま今月のお前の給料だ。売れ残ったら俺は知らん」

鋭い口調に対し私は無表情で社長の顔を見た。彼は怒っているのか、馬鹿にしているのか、分からないような目をしていた。「十八、九じゃねえか、普通」視線をそらしながら口に出さずに言ったので、首だけが傾いだふうに見えたのだろう。

「最初っからあきらめてんだよなあ。それで商売になるのかねえ。売れるように考えりゃいいだろうに」

背を向けドアへと歩きながら社長は言う。

「あっ、社長。こっちの大きい箱は？」

彼は面倒くさそうに振り向いた。

「バーニングサウザンモニター、三万で出しといてくれ」

「でかいんですか？　大丈夫すか？」

「ベタなれだ。そっちは適当でかまわん」

そう付け加えて出ていった。ちなみに「ベタなれ」とは人間に対して警戒心のない個体のことをさす。最初から「ベタなれ」の爬虫類など存在しない。特にモニターなど肉食の大型トカゲは扱いが難しい。しかし人間に飼われ時間をかけて慣らされた個体は特別で、人を恐れず警戒心もない。バラエティ番組で首に巻かれたニシキヘビ、飼育員に抱っこされたオオトカゲ、それらを称して「ベタなれ」と言う。したがってこのバーニングサウザンモニターは人に飼われていた個体を引き取ってきたのだと推察される。飼いきれなくなって飼い主が手放したか、ショップで売れ残ってたらい回しにされたかだろう。


それにしても、と思う。

よほど人格を傷つけられたりしない限り、私は社長に対してつべこべ言える立場にはないと自覚している。しかし時として、社長の動物や金に対する感覚が私には分からなくなる。

もともと有名な資産家の家柄と聞いた。なぜ彼はペットショップを経営しているのか。社長にとって、それは真剣なゲームであるというのが私の推測である。ラスカルビルは大真面目にゲームをやって大勝して手に入れた戦利品。買われたラスカルがどうなろうが知ったことではなく、さらに目の前の五万、十万の儲けや損も社長にとっては痛くもかゆくもないのだ。何よりもゲームに負けること、負けて自尊心が傷つくことが彼にとっては耐えられない、そう見える。社長には知性やしたたかさも尊敬に値するほど備わっている。それだけにこの幼稚な面は飛びぬけて目につく。

病気になった動物も社長は売ろうとする。私は気乗りしない。まったく環境を整えていない客にも社長は売ろうとする。私は気が進まない。動物は商品ではある。が、ただの品物ではない。彼と私の考え方は違う。

社長のことを不愉快に感じるという私情は措いておいて、彼の理不尽さに対抗する策として、私はささやかにイカれたことをやる。たとえばそれはムカつく客には生体を売らないということだったりする。私が販売を拒否するポイントはただ一つ。生き物の命の重さを感じてくれない客、それだけである。道徳的な意味あいというより私の中の決め事として。

時おりそんなことをしているから売り上げがいまいちだ。社長は私を不振の元凶と言い、無能の商売下手と言う。有能な店長候補が見つかるまでのあくまでつなぎだと私に宣言する。仕事はさせるが給料は上げない、いつでも辞めていいぞとも。社長はかるく私を蔑み、ときに苛立ち、私はやむをえず彼を苛立たせるにまかせている。

社長が高級外車に乗って走り去るのを確認してからパーソンカメレオンを出して様子を見た。あばら骨や顔面の骨の形がはっきり分かるほど浮き出ていた。カメレオン特有の飛び出た丸い目は陥没して、オレンジアイのはずなのに周囲がくまのように黒ずんでいる。これではどう見てもうちの目玉にはなりそうにない。

箱を開けてからの社長の不機嫌の原因がここにあるのは明らかだった。仕入れの時には自分の目だけを信じろ、と言っていたその自らが持ってきた個体がこんな厳しいものであることに耐えられないのだと思う。性格や考え方は別にして、社長は業界でのキャリアが長く、目も確かだ。おそらく買い付けたときは十分対応できる状態に見えたのだろう。それが一晩とか半日でこうなっていた。彼は言い訳をしなかった。際立った自尊心がそうさせなかったに違いない。カメレオンの体調なんて獣医にだって分からないのに。

今から医者を呼べば脱水症状くらいは注射で改善してやれるかも知れないけれど、もはやそれだって一時しのぎでしかないだろう。よけいに死期を早めるだけかも知れない。私がこの個体にしてやれることは体を温めて水分を補給させ周囲を暗くしてストレスを与えないようにしてやるくらい。結局は自ら生きようとして現に生きていられることがすべてなのだ。

命の危険にさらしながら一方で何とか生かそうとする。我々の仕掛ける拷問の、矛盾の中でカメレオンは身をよじる。洗濯バサミのような二本の後ろ足で踏ん張り、同様に洗濯バサミに似た前足を空中に差し上げ懇願する。上へ登る枝をくれ、高い高い木の上に行ける枝をくれと。

外の泰山木を眺めながら奇妙な空間だと思う。真夏でも真冬でも常に二十六度に室温が保たれている。熱帯雨林の環境を再現するためだ。ここでは一年中、半そでシャツでなければいられない。私は仮想のジャングルで一日の大半をすごし、外の日本の四季との間を行き来している。ちなみに今は日本の秋との間を。

「おはようございまーす」

アルバイトの柏木くんの声が響いた。昼間はエニグマティックで仕事し、夜は新宿のライブハウスで接客業をしている。慢性的な睡眠不足で昼間はミルクにメロンシロップを一滴垂らしたような顔色だ。多少時間にルーズだけど、明朗で、頼んだ汚れ仕事も嫌がらずにこなしてくれる。

彼はアクセサリーの鎖を何本も垂らした、汚れて穴のあいたジーンズをはいている。でもヒップホップ系ではなくセクシー路線なのだ。細身のジーンズの股上は浅くて、しゃがむと尻が出る。常に下着を付けないそうだから、それも計算の上だ。シャツはぴちぴちでヘソの周囲の割れた腹筋がチラリと見える。考え事をするときはアゴに手の甲を当てうーんとうなって、時おり腹筋をヘチと叩く。

二十二歳とは思えないほど人との接し方を心得ている。何より女性客への対応が抜群にうまい。爬虫類ショップの顧客にはＯＬや水商売の女性が案外多いのだ。私には察知できないツボがあるようで、女性客とはあっというまに友達みたいになり、何割かはそれから常連さんになってくれる。実に重宝している。

「なんすか、ソーマさん」

「パーソン。社長がさっき持ってきた」

手の上に載せた個体を彼に見せた。

「あーりゃー。なんか、やっぱいの持ってきましたね」

妙な抑揚をつけて柏木くんは言う。

「しばらく様子を見るしかないね」

かつてマダガスカルの森の中で精彩を放っていたカメレオンは今、やみくもに手を振り上げる「やっぱいの」と呼ばれる存在になってしまった。柏木くん、そんな言い方をしてやってくれるな。食物連鎖より陰惨なものがざくっとよぎってゆく。彼に責任転嫁する気はない、ざくっとよぎったものを私自身も出している。

柏木くんに店の準備を任せて、私はパーソンカメレオンのケージを作る。高さのあるオウム用の鳥ケージの中にカメレオン用の「くねくね棒」で枝をはり、ホットスポットライトを外から当てた。霧吹きで全体に湿気を含ませて中にカメレオンを入れる。ケージの上から黒い布で三分の一ほど覆い、スタッフ控え室のロッカーの上に置いてみた。

次はでかい方だ。カウンターに戻り、分厚い箱を開けると麻袋がかすかに動いている。幼児が入っているといってもおかしくないくらいの大きさだった。袋を開けると一メートルはあろうかというバーニングサウザンモニターが排便したまま崩れた卍みたいな体勢で横たわっていた。確かにこのサイズなら飼うのに相当な準備と覚悟がいるだろう。それにしても動きが悪い。背に触ってみると冷たい。案の定、動き回れる体温ではなかった。ただ肉付きはよく、肌や目、総排出腔をざっと見たところ体調の悪い様子は見当たらない。手早くトカゲのケージも用意した。大型犬用の室内ケージを改造し、中に丸太を一本立てかける。ホットスポットライトを上から当て、水を入れた皿を置いた。

テーブルの上の五キロ以上あると思われるバーニングサウザンモニターを手前に引きよせ、子供を抱く気分で抱える。すると今までほとんど動かなかったのに、最後の力を振り絞るようにして、抱えた左腕をつたって肩口まで登ってきた。オオトカゲに鉤爪を立てて登られ私は悶えながらその場にしゃがみこんだ。壁にもたれて唸り声をあげているうちにサウザンモニターの動きが止まった。それでもしばらく動けずにいた。大声で柏木くんを呼ぶ。どうやら店の外を掃いているようで返事はない。呼吸を整え、右手で支えながら一気にカウンターへ〈バーニングサウザンモニター＋左腕〉を載せた。

「どうしたんすか？　ソーマさん」

ほうきを手に柏木くんが店内に戻ってきた。

「急にしがみつかれた」

二人で鈍ったナイフのような鉤爪を一本ずつ指で持ち上げて、腕を抜こうと試みた。モニターは前足の指を剥がされるまではおとなしくしていたものの後ろ足にかかるやいなや尻尾を振って暴れだし、私はまたもや呻き声をあげる。

「何なんだよ、テメエ！」

私はトカゲに怒鳴った。

「こんなことってあるんすね」

「今は刺激しないほうがいいな。そのうち気が変わって下りてくれるよ」

本当にすぐ離れてくれるものだと思っていた。

トカゲは目を閉じ、それでも寝ているわけではなく私の腕を抱いて、まるで瞑想しているふうに見える。細かな鱗の表面がやけにひんやりと感じた。Tシャツからむき出しのバーニングサウザンモニターの腹と接する部分から、皮膚を通して私の内燃機関で生み出されたエネルギーが一方的に吸収され、私もこの生物に供給することをしかたなく認めた形で、見方によってはセットされた家電製品と充電器の関係とも類似しているのだった。

「店開けていいすか」柏木くんの問いかけにいいよと答える。彼はFMラジオを流し、開店のボードを吊るしに外へ出た。

——悪く思うなよ。

低いささやき声が聞こえた。柏木くんはまだ店の外だ。

——こっちも命がけだからな。まあ悪く思ってくれるな。

耳元に鼻息がゆるくかかる。柏木くんが戻ってくると、こいつはまたただの置物のようになった。

昼を過ぎると食事を終えたサラリーマンが休み時間の穴埋めに店に入ってくる。特に買い物をするわけでもない。店内を一回りして大方は出てゆく。好奇心に満ちた表情の子供が母親の手を引いて入ってきた。若い母親はヘビやトカゲに耐えられないのか、店の隅で顔をしかめ、男の子は大声で「くっせー」とか「キモチわりー」などと感じたままを正直に口に出し無意識に私どもを傷つける。ほどなく子供は私の存在に気付く。「うわあ」と露骨に声を上げ母親にしがみつく。母親も私の姿に気付き、やや強引にわが子の手をとり帰っていった。「最悪ですね」と言う柏木くんをなだめつつ、彼らに塩をまく気分で動物用消臭剤を店内に噴霧する。

午後一時、今日はじめて面識のあるお客さんが来店した。店の裏側にある大学で講師をしているという松野さんだった。頭がぶつかるにはまだ余裕があるように見えるが百九十センチ近い体を少し折り曲げて自動ドアを入ってくる。

「こんにちは店長。おおー」

私を見て固まった。

「こんにちは松野さん。たいしたことではないんですよ。まあマスコットみたいなものです。ところでこれから仕事ですか」

「そうなんです。遅くても八時にはあがれる予定なんですが」

「どうしますか？　エボシカメレオン」

「できれば今日、連れて帰りたいのですが」

「分かりました。お待ちしてますよ」

彼は笑顔でちょっと見ていきますと言い、壁沿いの棚に歩み寄った。

松野さんがはじめて店に来たのは二ヵ月ほど前だったと思う。九時の閉店近くにふらりとやってきて、やや陰気な表情で店内を回り、水槽やケージに顔を近づけては動物の様子をうかがっていた。やがて壁沿いの棚の前に立つと、脚立で上がらないと間近に見ることのできないカメレオンのケージをやすやすと覗いていくのだった。彼はその中のエボシカメレオンのケージの前で歩みを止め、一匹のメスをじっと眺めていた。私も柏木くんも時おり様子をうかがうだけで、声をかけることなくそのまま仕事を続けた。閉店時間になったのでそのむねを告げると、あ、分かりましたとだけ言って店を出ていった。

その日から松野さんは週に二、三回のペースで来店するようになった。来るたびにエボシカメレオンのメスのケージの前で、恐らく時間のゆるす限り、長いときは三十分近く立ち尽くしているのだった。

「これからおやつのコオロギをやるのですが見ていきませんか」

ある日さりげなく声をかけてみた。彼はぜひと言った。鳥かごを改造したエボシカメレオンのケージのそばに脚立をつける。木製ピンセットでコオロギをつまみ、そっとケージの中に差し入れた。一番高い枝の上で様子をうかがっていた彼女はコオロギに気づくと、体を前後に揺らしながら枝をつたって降りてきた。一、二と体を揺らし三で一歩進んでくる。そのリズムを決して崩さない。

「揺れる葉っぱの擬態のつもりでしょうか？」

「おっしゃるとおりです。これが彼らのやり方なので付き合ってあげないといけない。ちょっと手が疲れますが。あ、狙ってますよ」

「あんな遠くからですか？　まだ三十センチくらいあるようですが」

「はい」と私が言ったとたん、口が開いてピンク色の舌が勢いよく飛び出した。ピンセットの先の黒い虫が消え、エボシカメレオンの口にくわえられている。

「おお！」

「でしょう」

「テレビ以外で見たのはじめてです」

「よかったら、与えてみてください」

「いいんですか？」

「どうぞ」

私がゆずると彼は脚立に一段だけ足をかけてピンセットでコオロギの足をつまみケージの中に差し入れた。

「食べてくれるでしょうか？」

「どうでしょう」

彼の差し入れたコオロギをカメレオンはじっと見ていた。そして立体的な目の片方だけを動かして私と松野さんへ視線を送る。表情は読み取れないけど小さな瞳で心の内を慎重に探っているように見えた。視線を私たちから獲物へ戻すと同時に口が開きコオロギを狙い打った。次の瞬間には確かな顎の動きで咀嚼《そしゃく》している。私たちをまた探るように見ながら。

「食べてくれました」

「よかったですね」

彼はエボシカメレオンの様子を穏やかな表情で見上げていた。数日後、松野さんからカメレオンを飼いたいと申し出を受けた。今まで爬虫類を飼ったことがないと言う彼に、カメレオンを飼うにはそれなりの設備が必要で、一式そろえるのに三万円以上かかること、しかも夏と冬は部屋をまるごと温度管理しなければならずエアコンの電気代も相当な額にのぼってしまうことを正直に告げた。彼は考えてみますと言い残して、その日は帰った。

数日たって店を訪れた彼は私が選んだ総額三万八千円の機材をすべて購入した。そして今日、松野さんがエボシカメレオンのメスを連れて帰ることになっていたのだった。

「なぜだか分かりませんがこの子を見ていると、激しい雨がふとやんで気がつくと静寂の中にいる、そんな気分になるんです。私が日々町ですれ違う面識のない無数の人間か、大学で講義をしているときに一斉に向けられる学生の視線か、そんなものをさまざま含んだものなのか、激しい雨がなんのたとえか自分でもよく分かりません。高いところからじっとたたずんで私を見る丸い粒みたいな金色の瞳と一対になっているときに、いや……それは最初緊張感のある視線の交わりであるかも知れません。何でしょう、互いの認識の時間でしょうか。彼女の精巧な構造を持った目や、丸く突き出たエボシ頭のラインや細密なアラベスクのような肌の模様にフォーカスし、彼女も私の大きな顔や顔に不釣りあいな小さな目や飛び出た頬骨をじっと観察しているわけです。そのお見合いが簡素な儀式みたいに行われます。やがて時間の経過とともに、私と彼女との空間にしだいに緩みが生じてきます。飴が柔らかく溶けてくるふうな弛緩とでも言えるでしょうか。私も何か眠気を感じてぼんやりしてきて、彼女の丸く開かれていた目がいつしか色っぽい流し目みたいに細くのびて見え、そんな瞬間にふと周囲の静寂に気づくんです。まるで深海に私と彼女しか存在しないような錯覚。『動物の謝肉祭』のアクアリウムの中で浮遊し、たゆたっている幻想的な感じ。それは私にとってやむをえない事情で中断されるまで続く奇妙なうっとりとした時間なんです」

言い残して仕事に向かう松野さんを店の中から見送りながら思う。あなたが今、私におっしゃったことを他人に言えば、人はあなたを手前勝手だとかあるいは自己欺瞞だなどと思うかも知れません。しかもあなたの夢想はいくら熱心に言葉をつくそうとも決して他者には伝達しえないとも。でもそんな意見はクソ食らえですよ。気にしてはいけません。人になんか、私にだって伝わらなくていいんです。私はあなたがどこか低い場所に転落してゆくだろうと想像するだけでよい気分なんです。つまり人はある現象の中にのめりこむ過程で、ときとして幻覚を見、客観性を失い、食べものがゆっくりと腐ってゆくみたいになるものだと思います。そんな恍惚とした感覚がもし味わえるなら、それを味わいつくし、なめつくすべきだと思います。うらやましいですよ松野さん。私はうらやましいなあ。

「テンチョー」

視線を向けると、接客中の柏木くんがＳＯＳとおぼしき眼差しを私に送っているのが見えた。リクガメのケージに向かう。

「あんた、店長?」

「はい。相馬と申します」

「じゃあ、話早いや」

お客さんは四十代前半の男性。染めたというより脱色されたような傷んだ茶髪で、人差し指には関節から関節までを覆いそうな銀の指輪をはめていた。オレンジや緑の入り混じったシルクっぽいシャツの胸がはだけて太い金のネックレスが見えている。そのあたりからキツイ香水のにおいが湧き上がってくる。

「でかいカメ欲しいんだけど」

「リクガメですか？」

「そうそう、よく動く元気なやつ」

「お店に出ているカメはどれを選んでいただいても状態は万全ですので。ちなみに何ガメをお探しですか」

「だから、でかくて元気なやつだって」

軽い眩暈《めまい》がした。柏木くんがSOSを出すわけだ。

「こちらは東南アジア産のカメでエロンガータと言いまして、性格が温和なわりに比較的活発で大きさも甲長二十センチで……」

「すぐ死んだりしないよね」

返事しなかった。

「これいくら?」

躊躇《ちゅうちょ》した。これって言うな。

「三万円ですが」

「まあいいか。じゃあ、これにする」

またこれって言った。粉をふいたような顔の皮膚が化粧によるものか、荒れによるものか知らないけれど、その顔を私の方に向けないでもらいたいと心の中で言う。

「これ買うって!」

「セッティングはおすみですか? いかに丈夫と言っても東南アジアのカメですから日本の環境には適応できませんので、スポットライトや底面ヒーターで保温を……」

「そういうのはまとめて明日買いに来る。一日二日大丈夫だろ」

「ですが……」

「明日買いに来るって」

「分かりました」

ケージからエロンガータを抱き上げてレジへと向かった。柏木くんに厚手の布袋を出してもらい私はダンボール箱を準備する。男は立ったまま私と私の肩のオオトカゲをちらりちらりと見ていた。

「ねえ店長。リボンつけてくれる？　これに」

「カメにですか？」

「そう。息子の誕生日プレゼントなんだよ。リボンつけてよ」

「カメにですか？」

「だから、そうだって言ってるじゃん」

「あいにくリボンは置いてございませんので」

「ないの。じゃあいい。どっかで箱の上からつけてもらうから」

私はダンボール箱を胸の前に置いて彼に言った。

「本当に来ていただけるんでしょうか」

長い前髪をいまいましそうに掻きあげた。

「何が？……」

「申しわけありませんが、やはりこのカメはお売りできません」

「はあ？　何言ってんだあんた。オカシイだろ。俺、客だぞ」

「お引取りください。どうか他のお店でお願いします。それから……プレゼントは生き物以外のものがよろしいかと」

「ざけんな。おい待て、この野郎」

この野郎に続く罵詈雑言《ばりぞうごん》を無視して私は背を向け奥に入った。

「このクズ店、ネットに書き込んでやるからな」

怒り心頭らしく、どこかの棚をバンと叩く音がして男は店を出て行ったようだ。

「ソーマさん、帰りましたよ」

柏木くんが呼びに来た。

「俺はかなりイカれてるのだろうね」

「ええ、相当イカれてると思いますよ。でも、今の客にはざまあみろです」


時計を見ると三時近くなっているので、柏木くんに爬虫類ケージの霧吹きを頼んで、控え室に例のパーソンカメレオンの様子を見にゆく。

控え室の中は薄暗いが、ロッカーの上だけがホットスポットでほの明るい。腰をかがめ静かに近づいて、下からチラ見する。ストレスを感じさせないように近づいてチラ見を繰り返す。カメレオンは枝の一番高い所でじっとしていた。ロッカーの陰に隠れて顔半分を出してみる。依然としてパーソンは動かなかった。枝の上に腹を乗せて、普通はきつく巻かれている尾が力なく垂れていた。

――危ないな、もう時間の問題だろう。生きながら中から腐りはじめてるぞ。

耳元で声がする。耳から首筋にかけて濃い鼻息がかかった。

――軽いもんだな。今のこいつの命ときたら、へたすれば生々しいクソ以下だな。

私はロッカーを開き、バッグから菓子パンを取り出し昼食をとる。カメレオンに視線を向けたまま湿った内部とチョコでコーティングされた表面を口の中で唾液となじませ一緒くたにして飲み込む。なぜか刺身の味がした。菓子パンを包んでいた透明なビニールが私の手の中で薄いガラスを砕くような音を立てていた。それはパーソンがきっと生まれて初めて聞く音なのだろう。

――余計なお世話かも知れんが……、客見て売ったり売らなかったり、あれは大して意味ねえんじゃないか。最後は結局、お前の自己満足だろうが。ここで売られてる時点で、言ってみりゃ、すでに緩慢に殺されてるようなもんだからなあ。

控え室から出ると、ちょうどエプロン姿のさっちゃんが「ちわ」と入ってきた。彼女の本名は咲子という。詳細は知らないが結婚している。恐らく現在でも。四国の家を出て一人で生活しているのだそうだ。二十代前半で結婚したが夫との関係がうまくいかなかったらしい。頻繁に体のどこかを怪我していたが、二年前に頭に大怪我を負ったのを機に一人で上京したと聞いた。恐らく逃げるようにだったのだろう。

彼女は長身ですらっと伸びた手足を持っている。色白の顔に長い髪を後ろで束ね、黒いふちのメガネをかけている。しっとりした感じが魅力的だが一方で自らの気配をどこか消そうとしているふうに感じることがある。彼女の過去に原因があるのか、もともとそういう性格なのかは分からない。でもさっちゃんの少しだけ暗い部分は音もなく貼りつくみたいに印象付けられた。

彼女は店で出るチンゲンサイやコマツナ、キャベツ、レタスなどの使わない部分をとって置いて仕事の合間に持ってきてくれる。お客さんには出せなくても雑食性の動物の餌としては十分だ。

私の姿を見ると一瞬立ち止まって、「どうなってんの」と言った。もっともだろう。今朝、別れたときは何事もなかったのだから。

それにしても渡りに船とはこのことだ。手招きし簡単に事情を説明した。細かいことは言ってられない、ここはひとつ彼女の技能に頼るしかない。

「こいつにあれをやってくれない?」

あれとはいわば催眠術みたいなものである。さっちゃんは爬虫類を眠らせることができる。体や首、顔をゆっくり撫でながら眠れ眠れと念を送ると、見事に眠ってしまう。以前店に来たばかりのゾウガメを撫でていたら突然熟睡したことがあった。不安からか環境に慣れることができずに、落ち着きのなかった個体がである。以来、暴れることもなくなり、静岡の自然公園に引き取られるまでの間、彼女の来店を心待ちにしているふうに見えた。大きさや種類を変えてみても同様の結果だった。ちなみにこの特技は人間にも効くことが証明されている。私によって。

早速、肩のバーニングサウザンモニターにトライしてもらった。顔や体を慣れた手つきですするする撫でる。トカゲはさっちゃんに撫でられて、気持ちよさそうに目を細め、もっと撫でてくれとでも言いたげに首を傾げたりする。鱗が繊細なところは触れるか触れないかで硬いところはぐっとしごくような彼女の手つきは見方によっては実にエロいのだった。

「寝てきたよ」小声で言う。確かに下まぶたが、徐々に上がってきてうつらうつらしてきた。「さすがさっちゃん、すごいよ」

早速、柏木くんを呼んだ。慎重に鉤爪を剝がそうとした。肩にかかった前足は何とか外れそうだが、腕に巻きつくようにロックされた後ろ足がやはりどうしても動かない。何度か引っ張っているうちに、はっと目覚めた。目を見開いて、自分でも驚いたように尻尾を振り出した。

「いてて」

私が声をあげ作戦は中止となった。疎《うと》ましく奴の顔を見る。

彼女が、どういうトカゲなのと興味を示すので、バーニングサウザンモニターの説明をした。

「すごく慣れてるね」

「こいつにかぎってだよ。普通はこんなに慣れない。本当はへたに手を出すとむしろ危ない」

「けど、結構かわいいよ。首とか触ると気持ちいいし。ほら」

トカゲはすっかり彼女に慣れて撫でられるたびに愛想を振りまいているように見える。

「バーニーでどうかな。バーニングサウザンモニターだからね」

バーニー、バーニーと言いつつ撫でるさっちゃんを見ながら、思わずため息がでる。反面、まああせることもないかと思い始めてきた。こんな奴にかかわっていること自体わずらわしいとも思えたから。

彼女がそろそろ仕事に戻ると言うので店の外に出て見送った。

「やっとお金たまってきたよ。もうちょっとたまったら、あたしお店するつもり」

何のお店と訊いたがそれには答えず、「相馬さん証券会社にいたんでしょ。教えてくれたら、あたし投資しようかな」

と言う。

「そういうのはもうこりごり。つまらないことになるからダメだよ」

言いながら眺めた西の空、ビルとビルの間に赤い気球が見えて、その下に『青空クライシス』と書かれた垂れ幕がくっついていた。青い色の生地に白抜きで書いてある。明朝体のカタカナの先端が鋭く尖って見えた。

「はい、はい。何事もこつこつやね」

それにしても『青空クライシス』なんて誰が考えて、誰が書いたんだろう。どんな心境で思いついて文字にしたのだろうか。なんのつもりだか青空クライシスだなんて、ひどく神経を逆なでされる気分。何の覚悟もない、お気楽な誰かのひらめきの瞬間を想像したとたんに、垂れ幕にクソでも塗りたくってやりたいほどに腹立たしくなってきた。ずいぶん堂々としたもんだ。このメッセージだかキャッチフレーズだかがイケてるつもりなのか。それとも無知な民衆に警鐘鳴らしてるつもりなのか。こんな言葉、クソを塗りたくった垂れ幕に書かれていてこそふさわしい言葉じゃなかろうか。

「ねえ、ご飯食べにお店に来て。いつもろくな物食べてないんでしょ。ちょっと聞いてる？」

右手をぐっと引っ張られ、私はさっちゃんに視線を戻した。

「うん。今夜仕事が終わったら行くよ」

彼女は微笑んで、「じゃあねバーニー」と頭を撫で、手を振った。さっちゃんのワンピース姿を見送る私は気がつけば下校途中の小学生に囲まれていた。

小学生とひとしきりじゃれていたら、結局柏木くんに店へ連れ戻された。彼の持ってきてくれた布で左手を吊り下げると、重みが分散してずっと楽になった。

四時を過ぎていたので控え室にパーソンカメレオンの様子を見に行った。足音をしのばせ中に入る。そしてチラ見を繰り返しながらケージの中をうかがった。二、三度くり返し見上げたが様子が分からない。木の上にはいないようだった。奥から円椅子を引きずってきて、ケージから離れた場所で上がって見る。中には何もいない。慌てて柏木くんを呼んだ。台に上ってケージごと下ろした。パーソンはケージの底に横たわっていた。

「いっちゃってます？」

慎重に取り出してみた。わずかに手をさし上げようとするが、力が入っていない。首はもう頭を支えられなくなっていた。最期の時を迎える時間に入っている。その時間は暗く静かでなければならないと私は勝手に決めている。パーソンにスポイトで水を与えた後、ティッシュを数枚ふわりと重ねて横たえ、またケージに戻した。

「そろそろ上がりますけど、何かやっとくことあります？」

気がつくとカウンターにぼおっと立っていた。

「いや、いいよ。お疲れ」

我に返ってそう返事したけど、頭の中は何も考えていなかった。

「大丈夫すか？　目がとろんてなってましたよ。とろんて」

「大丈夫だよ。時々なるんだよ、とろんて。気をつけるよ」

とろんとならないように気をつけるのか……と思いながら柏木くんを見送った。確かに私はとろんとなる癖がある。今のとろんは測っていたのだ。何を測っていたかというと、扉を隔てた隣の部屋のパーソンカメレオンのかすかな命の重さをである。静寂の中で、ぼんやりと感じられるかどうかも分からないくらいの命の重さを感じようとしていた。

――おいら、バーニー。

腹話術の裏声みたいな声が響く。

――いやらしいにおいがする。プンプンするぞ。感傷に浸るふりだろうか。ギゼンだ、ギゼンのにおいがする。命の重さ？　金の重さじゃねえのか？　おっと口が滑っちまった。

客足が途絶えた時間を見計らって隣の部屋に行ってみた。パーソンはティッシュに埋もれて、もう黒く硬くなっていた。わずかに漏れた水溶性の便がこの世の名残りを告げていた。

——完全に死んでるな。なんなら食ってやるぞ。しかしハカナイもんだな。クソ垂れて紙くずみたいに死んで、明日は我が身だと思うと、たまらないな。お前、俺は殺してくれるなよ。

ティッシュの上から新聞紙で包み、マジックで「パーソンカメレオン　衰弱死」と書いた。冷凍庫の「ジャンガリアンハムスター　共食い」の横にそっと置いた。

——それにしても。

とまた声がする。

——いい女じゃねえか。あまりの気持ちよさに、さっきは危うく落ちるところだったぜ。しかし、もうちょっとパートナーを信用してくれてもいいんじゃねえか。催眠術使うなんてフェアじゃねえな。

二股に裂けた長い舌をつるつると出す。

——ところで、お前の様子を見ていて思ったが、そろそろ潮時だと思わないか。俺もこんなところで死ぬのはごめんだしな。どうだ一発、ひっくり返してみないか、鍋を。煮つまってる鍋をひっくり返して、おさらばするのさ。

「こんばんは」

振り向くと、首から上を曲げて松野さんが笑顔で入ってきた。時計を見ると八時を十分ほど過ぎている。

「まだいるじゃないですか！」

私は弱った顔をした。

「あれからもずっとですから、かれこれ十時間もこのままなんです」

「それは……」

感嘆とも感心ともつかない声を上げながら、じっとモニターを見つめる。トカゲも気だるそうな視線で松野さんを見返していた。

「店長は迷惑かも知れませんが、私から見ればね、うらやましい気がしますよ。考えてみればこのトカゲは店長に全幅の信頼を寄せているわけですよね。種も違うし、ましてや何の接点もないのに、まるで切っても切れない肉親の関係みたいにしがみついているなんて、素人の私からみれば、ムツゴロウ先生にも匹敵する、いやそれ以上の驚くべき能力というか資質というか、つまり、すごいことに思えてならないんです」

「あいにく、そんなんじゃないですよ」

私は苦笑する。

「これからあゆみとの生活を考えると、あ、このカメレオン、あゆみっていう名前にしたんです。ちゃんと元気でいてくれるのかどうか、やっぱりどこかで不安なんですよね」

「松野さんなら大丈夫ですよ。あの、あゆみちゃんへの愛情があるかぎり。きっと大丈夫。常に彼女の求める距離を守ってあげてください。決して距離を詰めて、あゆみちゃんにプレッシャーを与えないこと。それさえ守ってくれれば良い関係が築けるはずですよ」

松野さんは何度もうなずいて、ではあゆみを連れて帰りますと言った。

私がエボシカメレオンのあゆみを梱包しているあいだ、彼はレジの前で代金を確認して待っていた。

そして一万九千円に消費税をあわせてぴったりの額を支払った。

「何か気になることがあったら言ってください。いつでも相談に乗りますから。それとこれは私からのプレゼントです。内緒ですよ」とフタホシコオロギのMサイズを二十四プレゼントした。

何度も頭を下げ、両手で大事そうにあゆみちゃんの入った袋を抱えて去ってゆく松野さんを見送った。

――あいつだってどうせ殺すぜ。もって一年。早けりゃ半年だな。この客がよくて、カメ買いに来たバカが悪い。笑わせるね。どっちも一緒だろうが。

店内は閑散としていた。ＢＧＭのラジオとコオロギの鳴き声しかしない。私は閉店の準備を始める。ダンボールを片づけていると自動ドアが開く音がした。いらっしゃいませと言うと、光村社長がさも忙しそうに揉み手しながら入ってきた。そして店内を見回した。

「いる？　いない？　あれ、パーソン出してないじゃん」

「すみません」

「何で出さないの。客に早く買ってもらったほうがいいじゃない」

「すみません。オチてしまいました」

「えっ。何？」

首を前に突き出しながら、がにまたで近づいてくる。私はそれに合わせてうつむいていた。白い革靴と白いスラックスが視界に入ってきた。

「腕、どうしたの。怪我したの？」

「いえ」

「まあいいや。それで何、オチたってどういうこと？　説明聞くよ」

「午前中の時点ではまだしっかりしていまして、枝の上で落ち着いていたのですが」

「あん、それで」

「夕方になって調子を崩したようで、気がついたときには下で横になっていまして、もう難しい状態でした」

「うん、で？　死因は？　何がよくなかったの」

「分かりません。強いて言うなら衰弱死でしょうか」

「何で衰弱したの？　午前中はしっかりしてたんだろ？」

「はい」

「じゃあ、何で死んだの？」

「分かりません」

社長は顔をしかめてやりきれないような表情をした。私への侮蔑で塗り固めたようなため息をついた。

「それで、どうするんだ？」

一転つぶやくような口調だった。

「はい」

「はいじゃなくて、どうするの？　どうするつもりか訊いてるんだよ」

「すみません」

「いや、謝られても困るんだよ。どうするのか言えよ」

「……」

「黙ってんじゃねえよ」

社長はカウンターの側面を爪先で蹴った。ツッと擦過音しか出なくて、それが不満だったのか続けてカウンターの上を平手で叩いた。今度は派手な音と同時にボールペンがはねて床に落ちた。

「わざとやってんのか？　会社つぶす気でわざと殺したんだろう」

とんでもないと答える。

「だいたいお前、腕に何してんだ？　俺が持ってきたサウザンモニタージャねえのか、それ。冗談か。俺をおちょくってんのか？」

「いえ」

「冗談じゃなかったら何だよ。何でそんなことやってんだよ。頭おかしくなったのか」

我慢も限界に達してきた。「何で出さないのだ」などとしらばっくれて言うけど、朝の時点であの状態だったのだから、だれが見たって元気で店に並んでいる確率のほうが低いと予想はつく。「やっぱり厳しかったか」と言うならまだしも、これではひどい責任転嫁だ。ひょっとしてパーソンがオチていた場合を想定して、頭の中で私をやり込めるリハーサルをやってから、店に入ってきたのではなかろうかとさえ思えてきた。

社長はさらに語気を強める。

「最悪だなあ、この馬鹿。馬鹿なら馬鹿で仕方ないから、馬鹿なりにどうするか言えよ。どうするんだよ」

「分かりましたよ、二十一万弁償します」

「ああ？　二十一？　馬鹿、それ売値だろう。仕入れにも七万払ってんだよ。馬鹿が」

「じゃあ、二十八万」

「じゃあってなんだ、じゃあって。何様のつもりだお前。金いらねえから、もう死ねよ、死んでくれ！」

「何だとこの野郎」

キレて本気で言おうとした刹那、「いつつつつ」とまったく違う声が勝手に出た。体があらぬ方向へねじれる。左腕のトカゲが爪を立ててにじったからだ。皮膚に鋭く食い込む痛みに耐えられず私は壁にもたれて顔をゆがませた。額から脂汗が吹き出る。

「ふざけてんじゃねえぞ！」

社長は叫び声をあげた。直後に顔へ衝撃が来て、眼球から水っぽい音がした。何が起こったのか瞬時に理解することができなかった。トカゲの動きが止まり、顔面と左腕の痛みに耐えながら私は社長の顔を凝視した。ピントがぼけていた。目を、恐らく左眼と眉間の間あたりを、力の入った拳で殴られたのだと分かった。

「おい、このカス。よく聞け」と社長はさらに怒鳴りながら、右手の人差し指で強く私の鼻先を突いた。

その瞬間の出来事だった。トカゲの長い首がブンと振り回されたように見え、私の眼前にあった社長の人差し指を咥えた。社長はああと声をあげて咥えられた指をとっさに振った。噛まれた指を振る、それはやってはいけない最悪の選択肢。噛まれた場所を支点にして見る見る肉がえぐられて真っ白な指の骨が露出してきた。ハシッと裂けるような音がしたかと思うと、社長は突然いましめが解けたふうに手を回しながら背後に二、三歩よろめいた。

破裂した感じの社長の指の断面から、ぴゅぴゅと鮮血が飛び出ている。こんなに勢いよく出るものなのだなあ、などと思っているうちに彼が叫び声を上げてその場で踊り始めた。少なくともそう見えた。私は我に返り、何か止血できるものはないかと考え、自分が首から布をかけていることに気付き、あわてて外して社長に手渡した。社長は気が動転しているようで、というかむしろショック状態に見え、布を持ってさらに踊るばかりだった。私は卓上の電話で一一九番へ通報し、踊り疲れたわけではないが、体を硬くして横たえた社長の人差し指を押さえて救急車を待っていた。

「あ。指、指」急に思い出した私は、床の上を這うようにして、なくなった指を捜した。まさか食ってないだろうな。カウンターの下、中央の棚の下にも、横たえた社長の体をずらしたがどこにも見当たらない。

社長の衣服に真っ赤な染みが地図のように描かれて、ちょうどそんなタイミングでサイレンが止まり、救急車が店の前に停車した。ヘルメットに白衣を着た救急隊員が三人入ってきた。右手、人差し指、第二関節からのセツダン、などと症状の確認がされて、両脇を抱えられ社長は泣きながら救急車に乗せられた。いつの間に集まったのか野次馬が遠巻きに見ている。

一人残った隊員が私にどういう状況でしたかと問う。

私はうつむいて口ごもっていた。

「刃物のようなもので、あやまって傷つけてしまったとか?」

「あの、事故です。店で売っている肉食のトカゲが噛み切ってしまったんです」

「……」沈黙というより絶句だった。

一瞬彼の視線が私の肩口に向いた、ような気がした。

「分かりました。そのむね医師に伝えておきますので」

汗の冷たさを背中に感じる。

「切断された指は見つけられましたか。今ならまだ接合ができるかも知れません」

「それが、見つからないんです」

「えっ、食べてしまったということですか」

「どこかその辺に落ちているかも知れないので、私残って探してみます」

「では、もし指が見つかったら、すぐに氷で冷やしてください。念のため、こちらで使ってます携帯の番号です」あわてて書きとめた。

「搬送先が決まりましたら、折り返しご連絡しますので電話番号を」

私は店の電話番号を紙に書いて渡した。隊員は受け取ると小走りで出ていった。サイレンの音が遠ざかるのを呆然と見送った。店の外の電気を消し、自動ドアのスイッチを切り、閉店のボードを出した。立ちどまっていた野次馬も去りはじめた。戻るなり床に顔を近づけて社長の指を探した。

――見つからないぞ。俺が食ったからな。

トカゲを睨みつけた。

ゆっくりとカウンターの椅子に腰を下ろす。

――権力を笠にきて理不尽な暴力を振るったヤツが、不慮の事故で報いを受けた。いいじゃねえか。何の異存がある。肉食オオトカゲの口元に無造作に指を差し出して、それで食われたのなら、むしろ自業自得だろう。自業自得、自業自得！

愚かしい暴力の代償としてオオトカゲの下した罰。

哀れ悪徳社長はバチがあたり、トカゲに指を食われましたとさ。

結構だが、これではまるで子供の寓話ではないか。

——お前の望みどおりにしてやった。これは事故だ。ヤツの不注意が招いた事故だ。

金属の棒を打ち合うような癇に障る声だった。

私は、そんな決着など望んでいない。

顔の横で荒い鼻息が聞こえた。視線を向ける。先の割れた舌が素早く出入りしている。僅かに開く口の曲線をたどると、トカゲの眼球と至近距離で出会った。金色の虹彩に囲まれた暗い瞳孔へ引き込まれる気がして身がこわばる。抗《あらが》えと神経が騒ぎ立てた。奴の瞳の内部を、力を込めてねじ込むふうに見返すうちに、決意にも似た思いが突き上げてくるのだった。

社長の指先が切断されて、食ったのがトカゲであるという事実を拒むなら、導き出される結論はおのずと絞られる。その結論こそが、奴の呪縛から私が逃れうる唯一の選択肢なのだ。

椅子から勢いよく立ち上がる。ロッカー室に入る。自分のロッカーを開けて扉についた鏡を見た。

唇がやけに赤い。赤みは皮膚の下から湧き上がるように濃さを増し、真っ赤な口紅の女と泥酔して交わしたディープキスみたいに、だらしなく口の周囲を汚してゆく。それを合図に透明な唾液が染色された気がし、とたんに口の中いっぱいに血の錆び臭さが溢れてくるのだった。何もなかった奥歯と頬の間で異物の感触がみるみる実体を帯びる。舌で転がしふやけた感触を探る。弾力ある指の丸みの舌触り、爪のつるっとした硬い舌触り、切断面の肉の乱れと骨のささくれた舌触り。指だ。それ以外にありえない。ゆっくり奥歯で嚙みしめてみる。顎の付け根でごりと音がした。さらに力を込めてくり返し嚙む。いや食う。ごりごりはしだいにつちゃつちゃへ変わる。しかし嚙んでも嚙んでも砕かれず、裂けていびつに変形するたびに血の味が広がるのだった。私はその形のまま飲み込む。固まりが喉の、食道の壁面にモノの痕跡を残しながら通過する。同時に吐き気がきた。虎の唸り声みたいなのが立て続けに出て、苦味が満ちるのを押し込めるふうに手のひらで口をふさぐ。下から二度三度と波が押し寄せ、ぶちまけそうになるのを堪《こら》えた。液体も固体も混ざった何かを再度強引に飲み込んだ。

店の自動ドアを誰かが手で開ける音がする。ロッカー室から出ると、ドアを無理やり開けてさっちゃんが入ってきた。

「どうしたの」

「晩御飯食べに来ないから見に来たのよ。さっき救急車来てたでしょ。何があったの」

「今何時？」

「もう十一時過ぎてるよ。やだ、まだバーニーいるし。ていうか、どうしたの、その顔」

「顔って、口？　俺の口、赤い？」

「目が腫れてるみたいだよ」

「目？　目なんてどうでもいいんだよ。口だよ口、赤い？」

「分かんないよ」

「よく見て」

「急にそんなこと訊かれても……。何なのいったい」

　電話が鳴った。私は受話器を取り上げる。「エニグマティックです」

「あ！　先ほどの方ですね。怪我された光村さんの搬送先ですが日天医大病院です。住所と電話番号はですね……」私はメモ用紙に書きとめた。

「それでご本人なんですが、非常に興奮されていて事情がよく分からないのですよ。今は注射で少し落ち着かれましたが。ところで指は見つかりましたか？」

「いえ」

「まったく」と言いながら電話の向こうで話し声が幾重にも重なるのが聞こえた。「もしもし、あのですね。店のトカゲに嚙まれたとおっしゃいましたよね。至急、そのトカゲを病院に連れてきていただけますか。どうなるか分かりませんが」

即答しなかった。

「もしもし、聞こえますか?」

「はい」

「指を食べたトカゲは特定できてるのですか?」

「……」

「聞こえてますか?」

「はあ」

「日天医大病院に至急、食べたトカゲを連れてきてください」

「分かりました」

電話を切る。ロッカーからジャンパーを取りだし、腕を通さずトカゲの上からはおった。

「俺はこれから病院に行ってくる。後で部屋に行くからさっちゃんは先に帰ってて」

「本当に来てくれんの」

「必ず行く」

さっちゃんは私の目をじっと見た。

「うそや、何かとんでもないことがあったんでしょう。もう帰ってこん気でしょ」

静かに言った。私はもう一度だけ、必ず行くからと念を押し、店を閉めて外に出た。店の前に立ったまま私を見ているさっちゃんを残し、通りに出て流しのタクシーをつかまえ日天医大病院へ向かった。


救急病棟につけてもらい、運転手に、五分ほどで戻りますから、ちょっと待っていてくださいと伝えた。

ジャンパーを脱いで中に入ると奥のほうに先ほどの救急隊員や病院の医師と思しき数人が集まっているのが見えた。彼らは私に気付くと一斉に近づいてきた。新宿でクラブを経営している社長の奥さんの姿も見えた。濃厚な香水のにおいをふりまく彼女は私を見ながら意外に穏やかな口調で言った。

「いつこういうことになってもおかしくないと思っていたのよ。そのトカゲがやったの？なんにしろ殺さないとだめよ」

「社長はもう手術室に入られたのですか」私が問うと、「まだこの奥の処置室にいるわ。指を待ってたの」奥さんが答えた。

「そのトカゲが光村さんの指を食べたんですか」

救急隊員が私の肩口を見る。若い医者が隊員の後ろから「ほー」と口を開けたましげしげと見ている。

「きびしいかもしれませんが、開腹して取り出してみますか」

別の医師が、急いだほうがいいとうながす。

「大丈夫ですか？　危なくないですか？」と問うので、「気がたっていて非常に危険です。へたに手を出さないほうがよいと思います」と正直に答えた。

「そもそもあなた、最初に私が訊いたときは、その肩のトカゲが食べたなんて言わなかったじゃないですか。あの時なんで言ってくれなかったんです」

先ほど私と話した隊員が詰問口調で言う。「そんなことより、早くしましょう」別の隊員がうながした。「あの、お名前は」と医師に訊かれたので「相馬です」と答えた。

「では相馬さん、トカゲをゆっくりと廊下に下ろしてください」

返答に窮した。

「ゆっくり下ろして、離れてください」

「あの……実は私自身、このトカゲにしがみつかれて困ってるんです」

今度は医師が言葉を失った。

「何なんですかいったい」「どうします？」などとてんでに発言してざわついてきた。私はやや語気を強めて言った。

「皆さん。ちょっと訊いてください。今から私の言うとおりにしていただけますか。まずこのオオトカゲを私からはずさなければなりません。そこでお願いがあります。ここにいる全員で手分けして病院の中から、できるだけ多くの氷を集めてください。それを大きな器に入れ、氷の中に私が左腕ごと入れます。私が凍える前にトカゲは体温が下がって動けなくなりますからそこを捕らえます。よろしいですか。氷はできるだけ多く。それでは全員で至急お願いします」

「氷は、どうなんでしょう。家庭用の製氷皿で作ったくらいの大きさでいいんですか？それとも業務用の大きいので……」

「なんでもかまいません。急いでください」

みな実に動きがよかった。氷はあそこ、タライはあそこと意見を出し合い一斉に散った。これなら山ほど氷が集まるだろう。全員で、と私が言ったのに奥さんだけその場に残ったので、「お手洗いへ行ってきます。すぐに戻ります」と告げて、トカゲの上からまたジャンパーを被せ、人目のないのを確認して廊下左手奥に見える処置室に入った。中に入ると看護師がいた。

「家族の者です。少しだけ様子を見に来ました」

社長はストレッチャーの上で横たわっていた。何本もの点滴やチューブに囲まれ顔面蒼白で目を閉じていた。私が話しかけると、わずかに目を開いてこちらに反応した。顔が歪んだ。どうやら薬が効いているせいで派手な動きはできないらしい。膝を折り、耳元に口を近づけて社長にだけ聞こえるようにささやいた。

「社長、心からおくやみを申し上げます。大変つらい目に遭われましたね。さっきトカゲを連れてすぐ来るようにと連絡がありました。医師がトカゲの腹を裂いて社長の指を取り出し、なんとか接合を試みるそうです。今、総出で準備していますよ。つまりこいつを皆に引き渡せば、社長の指が戻る可能性が出てきて、同時にトカゲの命は失われるというわけです。よく分かる理屈です。しかし社長、私はこいつを引き渡すつもりはありません。なぜならあなたの指を食べたのはトカゲではなく私なのですから。そして私自身、一度食ったものを社長にお返しすることはできません。そもそも食うことって後戻りのきかない行為ですものね。この意味がお分かりになるでしょうか。つまり、まことに残念ですが社長の指は永遠に戻らないということになってしまうのです」

社長の口からうめき声がもれた。私は一語一語はっきりと話した。

「よく聞いてください。私のやっていることはどう見ても犯罪です。重々理解しています。社長が被害届を出され、私に刑事罰が科せられることになれば謹んで罰を受ける覚悟です。まあ、それはどうでもいいでしょう。そんなことより大事なのは私の行いで、指が今後永遠に失われるという重大な苦痛を社長に与えてしまうという事実です。お許しいただけないであろうことは承知しております。その上で心から深くお詫びいたします」

社長の口からまたうめき声がもれた。

「どうか今後は不要な暴力を振るったりされませんよう。お互い何事も穏便に平和主義でまいりましょう」

私は立ち上がる。社長が私の右腕をつかんだ。「きさま、おぼえとけ……」搾り出すように言うので「はい、しっかりとおぼえておきます」と応え、手をふりほどいた。眉間にしわを寄せこちらを凝視する社長に一礼して処置室を出た。廊下にいる奥さんに、どうか社長のそばにいてあげてくださいと言った。彼女が去り、誰もいなくなった廊下を歩いて私は外に出た。

待たせてあったタクシーのもとに戻る。時計を見ると十二時だった。

――悠長にしている時間はないぞ。

新宿までとドライバーに言いながら、タクシーの後部座席に腰を下ろすと同時に声がする。

——サイは投げられた。

料金メーターのデジタル数字を、ぼんやりとながめていた。

——だいたい俺がバーニングサウザンモニターなんていう意味深な、長ったらしい名前を付けられて、今まで猿芝居打ってたのも全部このためなんだからな。これで俺たちが辛気臭い世界からドロップアウトすりゃケリがつくのさ。だってそれ以外の幕切れなんぞ考えられんだろう。若干の手違いはあったが、どうにかここまで来たんだ。最後くらいは決めてくれよ。まあ想像してみろ。俺とお前が合体したまま、チャリンコにでも乗って朝焼けの新宿を出発する。目指すは灼熱の太陽と鬱蒼《うっそう》と生い茂る森、南国の小島。バック・トゥー・ネイチャー。すれ違う顔のないサラリーマンたち。俺たちは颯爽《さっそう》と風を切って逆方向へチャリンコをこぐ。そして別れを告げる。アディオス東京！　アディオス巨大システム！　どこから見てもいい落とし所じゃねえか。

私は目を閉じ、足から腰、腹、胸と順に力を抜く。頭まで脱力すると、シートの内部へどこまでも沈んでゆく気分なのだった。

お客さんもう四谷だけどと声が聞こえたので、このまま靖国通りを真っ直ぐ、お寺の手前を左折してと告げた。

金を払ってタクシーを降り『上海料理　金龍』の店舗の脇の階段を上がる。

さっちゃんの部屋をノックすると、すぐに彼女が出てきた。

部屋に入るなり互いにしがみつくようにしてキスをした。口を開いて差し出すように出会った舌が絡み、あとはもう離れがたく唇の周囲まで濡らしながら求めあう。彼女の黒く長い髪が乱れて、メガネのフレームが私の顔に当たってしなる音がする。さっちゃんのトレーナーを脱がせるのと同時に、彼女が私のジャンパーを剝いで、現れたトカゲの姿にたじろいだ。私は間髪入れず彼女の躊躇ごと飲み込むふうに乳房をむさぼる。

袖にかぎ裂きを作りながら脱ぎ、トカゲの顔にシャツが引っかかったまま、居間の畳の上に横たわると、そんなんいややとつぶやくさっちゃんの上に覆いかぶさった。乳房からヘソへ、さらにその下へと舌を這わせてゆく。やがて私の下唇からあふれた唾液が彼女のヴァギナから尻へつたって糸を引いた。さっちゃんのこわばる様子にますますいとしさが膨張してくるのだった。

体がぐっしょり濡れて、ぬるつく体を巻きつかせるようにして彼女の中に押し入った。動きが激しさを増すにしたがい、さっちゃんは目をきつく閉じ、首に筋を立てて体をのけ反らせた。今となっては抵抗とも受容とも取れるいやいやの声はしだいに大きくなり、二人の間で拍子をとるふうにトカゲの尾がひゅんひゅんしなった。メガネが半分外れたまま彼女は叫び声をあげて、私もその声といっしょに駆け上がり、さきこ、さきこと言いながら放っていた。ぐったりした後も目を閉じたままのさっちゃんは何度も痙攣した。

動けない彼女の代わりに私が布団を敷いた。古い毛布を一枚もらって、トカゲの上からそれをはおり枕元に座った。彼女に寝るように言うと、さっちゃんは布団の中から胡坐を組む私の右手をしっかり握ってきた。

「アタシは男の人のアキレス腱が好き」

「俺は女の人の足の親指が好き」

「アタシは男の人の足の裏のしわが好き」

「俺は女の人の膝が好き」

「バーニーどうするの？」

「さあ」

「明日の朝、マンダリンスープ作ってあげる」

「ありがとう」

「ここ触って」

彼女は握っていた私の右手を自分の側頭部へ持っていった。毛の奥に細長く禿げた部分があった。

「割れたとこ」

さっちゃんの割れたとこに手を当てていたら、いつの間にか彼女は眠りの中にとけていた。私は少し体を横たえてみたけれど困憊した体と一転冴えきった頭との板ばさみになって一向にとけそうになかった。こんなことなら彼女が起きている間に眠らせてもらうんだったと思い至ったが、いまさらどうにもならず、しかたなく暗闇で息をひそめて、じっとしているうちに少しだけ意識が朦朧とした。

巨大な極彩色のパーソンカメレオンが茂みの中からジッと私を狙っていた。なんだ、お前生きていたのかと思った瞬間に、粘着質の舌にからめ取られた。食われたはずの私はカメレオンと一体になって奴の背中から上半身が生えているのだった。カメレオンは頭を振って突然アオーと鳴くと、今まで見たこともない筋肉質になり、両手両足を風車みたいに回転させて走りだす。薄暗いジャングルの中を、羊歯《しだ》や灌木をなぎ倒しながら走る。やがて一本の巨木にしがみつき、今度は猛然と登り始めた。生い茂った葉がしだいに途切れてきて視界が開け眼下に世界が見えた。世界は森林に覆いつくされていて、地の果てまで続くモコモコした木々の上にオレンジ色の西日が射しているのだった。空は赤、黄、紫、青、と揺れながら変化している。黙って見ているうちに、何に感動したのか分からないけれど涙がこみ上げてきた。カメレオンがさっちゃんの声で「これがほんまの青空クライシスだったんや」と言うので、「そうだったのか」と思った刹那、感極まった。その瞬間、体がずるっと滑った。見ると私と合体したカメレオンが滑っていて、実は木も、空も全体が下へ滑っているのだった。何回かずるっときて、ついに底が抜けたような世界の落下が始まったとたんに目覚めた。

夜明けの時間だった。目が覚めても一連の出来事が悪夢ではなかった証拠に、バーニングサウザンモニターがしっかりと肩の上で眠っていた。だが一方で子供の悪ふざけみたいな巨大なリザードマンに変身して世界を破壊したり、立場が逆転してお伽の国で私がトカゲに飼われていたり、そんな童話の片棒を担がされることもなく新たな一日の始まりを迎えることができた。

カーテンの隙間が白んできた。毛布をはおったまま四つんばいで窓に向かう。布団からはみ出た素足が見えた。さっちゃんの足はかかとが白っぽくひび割れて、触ると何ヵ月も忘れていた正月の餅みたいに硬かった。そっと布団をかけた。窓際に座りカーテンをめくってサッシを少しだけ開ける。曇りがちで決して明るい感じがしない。遠くでカラスの騒ぐ声がして全体的にざわざわと生き物の気配がしているのだった。

ふと見上げると右手の空に『青空クライシス』の垂れ幕が見えた。やや低いビルに下の一部がさえぎられて、『青空クライ』になっていた。
「曇天に青空泣いて鼻白む」なんだこりゃ。思えば昨日、なぜあんなに腹立たしくこの垂れ幕を見たのだろうと思うのだが、怒りに至る仕組みは思い出せても、カチンとくる実感がぜんぜん思い出せなかった。もう今の私にとって『青空クライ』は鼻白むだけの文字の羅列でしかなく、ならば何事も心穏やかにいったほうがよろしいと別に深い意味もなく考える。

これから私がどうなるのか。恐らく平穏に一日を過ごすことはないだろう。所轄の警官がやってくるのだろうか。もし私が連行されたら、肩のトカゲはどうなるだろう。数人がかりで引き離されるのか。こいつは暴れたりしないだろうか。暴れると言えば、警官と一緒に来た社長の奥さんがヒステリーを起こして私に殴りかかってくるだろうか。奥さんに引っ叩かれ、連行される私を柏木くんはどんな表情で見送るだろう。案外、警官も奥さんも現れないで、社長のコネがある暴力団が私を連れ去りにくるかもしれない。社長のことだから可能性はある。そうなったら五体満足で帰ってこられる確率は低かろう。まあそれが社長の考える指の代償ならやむをえない。柏木くんに店の鍵なんぞ全部渡しておいたほうがいいんだろうか。いろいろ考えてしまうけど、どうも腰の据わった思いに至らない。でも、これから起こることをありのままに受け入れる。その腹だけはくる。諦めでも投げやりでもなく。

もうしばらくしたら、さっちゃんを起こそう。できれば彼女に何とかスープを作ってもらって、二人で朝ごはんだけはゆっくり味わいたい。

それからバーニングサウザンモニターを乗せたまま『エニグマティック』へ出勤し、いつものように動物たちに餌を与える。それが私の当面やるべきことだ。

王と詩

セベクエムサフ三世がいつから我が家にいたのか、今となってはもう調べるすべはない。祖父が物心ついたときにはいて曽祖父の時代にもすでにいたと聞く。この家は明治の初め頃には建てられていたので、ことによっては百五十年以上前からいた可能性がある。しかしその前のこととなるとさっぱり分からない。とにかくセベクエムサフ三世は祖父の部屋の押し入れの上段で、黄金の杖を左手に持ち、玉座に腰かけ遠くを見据えている。部屋は六畳間なので正確には東の壁を見ていることになる。

セベクエムサフ三世と僕らに呼ばれるようになったのはつい最近のことだ。それまでは単に王様と呼ばれていた。二年前に祖母の七回忌の法要を自宅で行ったとき、従弟の翔馬君が「前から気になってたんだけど、なんなんだろうね」と言いながら王様の写メを撮り「ヘイS·i·r·i、これ誰?」と聞いたところ、S·i·r·iが「これはセベクエムサフ三世です。こちらの情報が見つかりました」と言ってウィキペディアを表示したので素性が明らかになった。以来、僕たちはセベクエムサフ三世と呼ぶようになった。ただ祖父は翔馬君が写メを撮った時も「王様に向かってそんなことするもんじゃね」と憮然として、以後も王様という呼び名を変えずにいる。

スマホのおかげで素性が明らかになった彼の人生は、きらびやかな容姿とかけ離れたものだった。エジプト第十七王朝末期に四十一歳で王位に就いたセベクエムサフ三世は全土を巻き込んでいた内乱を鎮めるために奔走した。しかし反乱軍の反撃を受け国は崩壊、一家は離散、彼自身も側近に殺された。生前造営されていた墓は壊されミイラも作られなかった。エジプト王というとツタンカーメンの黄金のマスクが想起されるが、長い歴史の中には闇に葬られた王も多数いたことだろう。そんなセベクエムサフ三世がなぜ祖父の部屋の押し入れに鎮座しているのか。ちなみに我が家の王様はちゃんとした体を持っている。ホログラムのような映像ではないし、博物館にあるような黄金のマスクで覆われているわけでもない。色黒で細見のおじさんが黄金の装束を身にまとってまぎれもなく座っている。

祖父は自分の部屋の押し入れの中にいる王様に向かって、朝夕拝んでいる。我が家は代々仏教なので祖父が何を拝んでいるのかわからない。だが父親も僕も幼い時から王様の存在に疑問を抱くことなく育った。習慣とは不思議なもので、僕は中学生になるまで王様が数軒に一軒くらいの割合でいるものだと思っていた。遊びに来た友達に初めて見せたとき、彼は何とも言えぬ顔をした。わざわざ祖父の部屋にこっそり入り見せてあげたのにそのような態度をとられて心外だった。王様はうかつに見せるべきでないことを学んだ。

僕らとセベクエムサフ三世とのかかわりを説明するのは少し難しい。彼はずっと祖父の部屋の押し入れに座っているが、家族が祖父の部屋に入るのは基本的に祖父がいるときだけだ。僕らは食後のだんらんの時間に祖父の部屋を訪れ、お茶を飲みながらその日あったことや些細な愚痴などをセベクエムサフ三世に話したりする。彼はそれに対して返事をしたり相槌を打ったりはしてくれない。それは祖父の役割だ。

祖父は六十歳を過ぎるまで町役場で働き、定年してからも嘱託職員を週二日ほど続けた。やがて完全に仕事を退いてからは町の世話役などを引き受けながら悠々自適の生活をしている。だいたい自分の部屋にいて縁側に盆栽を出して剪定したり、老眼鏡をかけて静かに本を読んだりしている。祖父の部屋の押し入れはいつも開いている。セベクエムサフ三世が鎮座しているので蒲団は入れてない。僕らが訪問すると王様の前のちゃぶ台を囲んで話をする。父はあまりその輪に参加することはないが、勤めている会社で悩ましい選択を迫られたときなどは密かにセベクエムサフ三世に話すこともあった。もっとも答えは父自身の中で出ているのだろう。母は親戚付き合いの悩みや僕や妹のことを愚痴っていた。

祖父の部屋に最も頻繁に出入りしていたのは多分妹だ。超自然的なものに興味を持っていて、超自然の権化のようなセベクエムサフ三世を祖父と同様にほとんど信奉していた。確か中学二年の時、憧れていた先輩に失恋したときは、祖父のいない間に部屋に入り込み、セベクエムサフ三世の前で泣きながら缶チューハイを飲んで泥酔した。

最近はみな祖父の部屋に行くことは少なくなった。僕は大学に入った頃から足が遠のいた。あげくのはてに公務員採用試験に落ち就職浪人になった。人に言えないストレスも尽きないが音楽や映画で気を紛らわせている。

春から夏へ季節が移ろい始めた梅雨の晴れ間の日曜日のことだ。祖父が庭の植木の手入れの最中に倒れた。苦しみに耐えるようにうずくまって唸るばかりだった。母が救急車を呼んですぐに病院に運ばれたが、祖父はその最中に意識を失った。心筋梗塞と診断された。対応が早かったので一命は取り留めた。ようやく意識もはっきりして胸をなでおろしたら、今度は治療中にがんが見つかった。こちらは手術が難しく、放射線と投薬による治療をすぐに始めると伝えられた。家族で相談して祖父には病状を告げないことにした。

僕らの生活は大きく変化した。できるだけ交代で祖父を看病しに病院を訪れた。祖父は心臓がよくなると退院したいと言い出して母を困らせた。本人にがんのことは伝えてないので入院が長引くことが不服だったようだ。

そんな生活を送り始めたある日、偶然寺内を見かけた。自宅が同じ町内だったこともあり幼稚園、小学校、中学校と一緒に通った幼なじみだ。高校は違ったが、また地元の大学で再会して、気が付けば腐れ縁のような関係になっていた。大学時代はしばしば一緒に過ごしていたが、卒業してから僕はアルバイト生活、彼は詩人になる夢をもって投稿生活をしていると聞いてお互い負のオーラが干渉し合うのを恐れたわけではないが、何とはなしに疎遠になっていた。

祖父の付添いの帰りに立ち寄ったレンタルビデオ店でのことだ。夜十時を過ぎていて店内は閑散としていた。僕はアクション映画の棚をうろついていた。するとカーテンのかかったアダルトコーナーから寺内が出て来た。こちらには全く気付かなかった様子で、黙って貸し出しカウンターに向かった。首回りが破れた白いTシャツを裏返しに着ていて頭髪もぼさぼさだった。声をかけることができなかった。

数日悩んだ末、勇気を出してメールを送ってみた。すると案外すぐに返事が来た。寺内はどこから聞きつけたのか祖父の入院を知っており、久しぶりの後にお見舞いの言葉が打たれていた。僕は飯でも食おうと返信した。「じゃあ明後日は」に、「了解」と書いて近所の居酒屋の店名もつけて送った。

バイトの帰りに「喜助」ののれんをくぐるともう寺内は来ていて、焼き鳥でビールを飲んでいた。「お先に」と悪びれずに言うのが彼らしいと思いながら僕もビールを頼んだ。どちらともなく、その後どうなどと問いかけて、互いにイマイチだよと答えながらも、僕は彼との約一年半ぶりの再会を素直に嬉しく思っていた。

大学時代の友人の名前を挙げて消息を確認しようとしたが、二人とも隠遁したような生活を送っているので要領を得なかった。それからはもっと昔の話になって、寺内がふいに

「そういえば王様」と言いだした。それを聞いて中学生のとき、内緒でセベクエムサフ三世を見せて、不信がられたのが彼だったことを思いだした。寺内は楽しそうにそのときの話をしたが、僕はたいして面白い返しができなかった。

ビールを四、五杯飲んでいい感じに酔ったところで彼が不意に切りだした。大学時代からもう五年、詩の新人賞に応募し続けてきた。それなりに自分では打ち込んできたつもりだがもういつまでも夢を追ってもいられない。春に出した作品を最後にしたい。今まで誰にも自分の詩を読んでもらったことはないが、お前に自分の最後になるかもしれない作品を読んでもらいたい、と。

複雑な気分だった。文学の才能などないし、ましてや詩など読んだことさえない。批評はおろか良し悪しさえ分からない。「それでもいいのか」と問うたら、「いい」ときっぱり答えた。コメントも不要だと言うので受け取ることにした。間もなく居酒屋を出た。僕は蛙の鳴き声を聞きながら田んぼのあぜ道を通って少し遠回りして自宅に帰った。シャワーを浴び自室に戻って寺内から預かった封筒を開いた。

「コトワリ　――あるいは連体詞の夢――」

タイトルだけ見てまた封筒に入れた。アダルトコーナーから出て来たよれよれの彼の姿が重なって読むことができなかった。

入院から一ヵ月がたった。祖父の容態は徐々に悪化していた。起きていても体を動かすことさえ億劫なようで、一日のほとんどを横になって過ごしていた。時には体の痛みに耐えかねて声を上げることもあった。祖父の姿を見ているこちらが苦しく、一人で看病している時は看護師さんを呼ばずにはいられなかった。

お見舞いに行った夏の暮れ方のことだ。誰もいない病室で僕を枕元に呼んだ。その時は比較的意識もはっきりしていて呼ぶ手つきも確かだった。祖父の口元に耳を近づけると、かすれた声で王様のお世話を頼むと言った。毎朝体の埃を払って捧げものをする。家族の無病息災、安全祈願をするようにと囁いた。

言わねばと思いついたときに僕しかいなかったのか、はじめから僕に依頼しようと思っていたのか分からないが、とにかく僕は祖父から頼まれてしまった。それは本当に自分の役目なのだろうか、無病息災など祈ってもご利益がなかったじゃないか、そんなことが頭をよぎりセベクエムサフ三世のことが少し疎ましく思えた。今は自分の体のことだけを考えてほしいと祖父に言いたくなった。

その夜、母と交代で病室を出た僕は総合病院の近くでラーメンを食べ自宅に帰った。父は会社から帰っておらず妹は塾に行っていた。増改築を繰り返してただ広いだけの家は、夏だというのに静かでひんやりしていた。入院して以来初めて祖父の部屋に入った。電気をつけると西側の押し入れの中にやはりセベクエムサフ三世は鎮座していた。黄金の装飾品で覆われた肩にうっすら埃が浮いていた。祖父が使っていたクイックルで埃を丁寧に払った。それから足元で干上がっていたコップと萎《しな》びた林檎を新しいものに取り換えた。いつもは祖父と一緒に座るちゃぶ台に改めて正座してセベクエムサフ三世を仰ぎ見た。言葉のやり取りはなくても祖父と王様との間にはなにか心のつながりのようなものがあったのではないか。それはひょっとしたら祖父の一方的な思いだったかもしれないが。とにかく祖父はセベクエムサフ三世に親しみと強い畏敬の念を抱いていたのだと思う。祖先たちも祖父と同じようにセベクエムサフ三世を特別な思いで大切にしてきたのだろう。

祖父は偉業をなしえた人ではないけれど、家族のことをひたすらに思い続けた人だった。いつも黙って家族の愚痴や悩みを聞いてくれていた。セベクエムサフ三世と祖父は僕らにとって日常であったと同時に特別な存在であったのではなかったか。

さっきは疎ましく思ってしまったが、改めて王に祖父の病が快癒するよう祈った。霊験を頼りにするというよりは祈らずにはおられない気持ちだった。セベクエムサフ三世は僕の気持ちを知ってか知らずか、いつものように六畳間の東の壁を静かに見つめていた。

八月八日、祖父が帰らぬ人となった。八十一年の人生だった。戦中戦後をたくましく生きて僕ら家族を養ってくれた。同居していた僕と妹にとっては心をゆだねられるおおきな存在だった。

祖父の葬式は自宅で行った。日頃はなかなか会えない従兄弟たちもやってきた。親族で焼き場に集い待っている間、僕は空を眺めて過ごした。じっと空を眺めて過ごす時間は決して退屈ではなかった。父が骨壺を抱いて自宅に帰った。親戚一同居間でしんみりと夕食を食べた。食後、僕は何とはなしに皆から離れて祖父の部屋に行った。ふすまを開けると、従弟の翔馬君が笑いながら王様の写メを撮っていた。僕を見ると「これ、まだいたんだ」と言った。とっさに怒りが込み上げてきて、気が付いたら「勝手に撮るんじゃねーよ」と声を荒らげていた。従兄弟に向かってそんなことを言ったのは初めてだった。翔馬君は「うぜ」と捨て台詞をはいて出て行った。やるせない気持ちでセベクエムサフ三世の前に腰を下ろした。

祖父の遺品の整理が終わって、また以前と同じような日々が始まった。僕は時おりセベクエムサフ三世のお世話をするようになった。お供え物をして、その日あったことを心の中で報告する。公務員採用試験の筆記を通過して、これから面接に挑むこと。大学二年の妹に彼氏ができたようで、化粧をして外出するようになったことなど。

ある日、寺内からメールが届いた。「喜助」で飲んで以来だった。祖父が亡くなったことのお悔みと、近いうちに焼香をあげにうかがいたいという内容だった。礼と共にいつでもおいでくださいと少し丁寧に返信したら、早速翌日の昼間にやってきた。祖父の仏壇に手を合わせたあとセベクエムサフ三世を見たいと言うので祖父の部屋に案内した。懐かしそうに見ている彼と中学の時の思い出話をした。相変わらずよれよれのTシャツを着ていたけれど、寺内は前に会った時よりさっぱりした表情に見えた。「アンドロメダポエム新人賞、一次選考にも残らなかったよ」と寺内は切り出した。本腰を入れて就職活動をするためハローワークに通い始めたという彼に、どう言葉をかけたらよいのか分からなかった。

そう言えば祖父が他界してから一連の出来事に紛れて、彼から詩を預かっていたのをすっかり忘れていた。読むと言ったにもかかわらず約束を守らなかったことを正直に謝ったら、気にしてないよと笑った。

「今読んでいいか」と言うと、「かんべんしてくれ」と答えたが、その口調はまんざらでもない様子だった。僕は「セベクエムサフ三世に奉納しよう」と言いながら早速自分の部屋から作品を持ってきた。

コトワリ ——あるいは連体詞の夢——

寺内ぜのん

一時限の授業に合わせて、いつもより早く家を出たところで袖を引っぱられた。振り向くとランドセルを背負ったツインテールの女の子が立っていて、「お前のせいだ」と睨むようにして言った。どう答えたらよいのか分からなかった。「爆弾落としたり、毒ガス使ったり、何でそんなことするの」と今度は低い声で言う。自分を指さして「俺が？」と訊くが、「もう手遅れ」と少女は全然聞いていない様子。「何で殺し合うのかなあ。そんなことして不毛だと思わない？　怒りにまかせて酷いことをして、やられた方はもっと酷いことを仕返して」急いでいたので、やむを得ず袖を振りほどいて歩き出した。少し変わった子なのかもしれないと思う。「お前のせいだ」と背後から聞こえたが無視して歩いた。女の子は叫んでいた。「夜八時に降って来るよ、五月雨みたいに。空からね。生きていられないから。一人だって生きている資格なんかないから」一瞬歩みを止めて少女の方を振り向いた。彼女は一歩も動いてなかった。ただ睨みつけるような視線を送っていた。視線は強すぎて俺を貫通している風にも見えた。「どこに降って来るんだ」と言うとかぶせるように返事があった。「人間の上にだよ。お前人間のいない地球を想像してみなよ。ありのままの世界を。なんて静かだろう。だから銀色が降って来るんだよ。一人ひとりの心臓をあやまたず刺していくから。その時はこれが万物のコトワリだとみな感じながら納得して逝くだろうさ。お前の額もそろそろ裂け始めているぜ。体がコトワリを受け入れつつあるしるしさ。額が裂けて金色の目が現れたら、世の中が見えすぎて頭が爆発しないようにみずいろの目隠しをつけな。その間に覆面メトロノーム舞踊団が町中でフラッシュモブをするのさ。あいつら皆腱が切れてるから踊れやしない。さあ日が暮れたら雷が鳴って世界中に子守歌が鳴り響いてそれが合図だよ。左足の小指にリボンをつけて待ちな。リボンをつけた奴に『誰でもよかったの霊』がしがみついてくるよ。霊はしがみついた奴の心臓を指さすからそこめがけてあれが落ちてくるんだ。そしたら気持ちよく逝けるからね。準備はいいかい」思わず頷いた。ツインテールの少女はけたたましい笑い声を残して霞となった。

さっぱり意味が分からぬまま、読み終えて原稿をちゃぶ台の上においた。

そのとたんセベクエムサフ三世が杖に体重をかけながらゆっくり立ちあがり始めた。黄金の玉座から王が離れるところを初めて見た。僕も寺内も思わず体をのけぞらせ畳に手をついた。黙って王の様子を見るしかなかった。

セベクエムサフ三世は中腰の状態で押入れの天袋に頭をぶつけた。それ以上立ち上がることができず、また椅子に腰を下ろす形になった。座った彼はその後また眼を見開いたまま、いつもの姿勢を保ち続けた。
王様がなぜ立ち上がろうとしたのか分からない。が、今まで起こったことがないことがこの瞬間起こったということ自体、そこに意味があろうがなかろうが特別なことだと感じた。僕はひどく厳粛な気持ちになってセベクエムサフ三世を見上げた。隣の寺内も口を結んで真剣な表情だった。胸の奥に小さな炎が灯ったふうになって、気が付くとやけに汗ばんでいた。

それからしばらくして祖父の部屋に引っ越した。同じ家の中で部屋を移動しただけだが父も母も妹も僕の申し出を少しだけ不審がっていた。祖父の思いと僕の思いは全然違うかも知れないけれど、僕は僕なりのやり方でこれから王様を大切にしていきたいと思うのだった。王様が立ち上がろうとしたことは家族にも内緒にしている。

初出一覧

1　「鈴の音」（「三田文學」No.131秋季号　三田文学会　2017年11月1日）
2　「桃」（「三田文學」No.90夏季号　三田文学会　2007年8月1日）
3　「ナイフ」（「文芸思潮」第37号　アジア文化社　2010年9月25日）
4　「空に住む木馬」（「月刊国語教育」Vol.30　No.1～5　東京法令出版　2010年4月1日～8月1日）
5　「青空クライシス」（「三田文學」No.89春季号　三田文学会　2007年5月1日）
6　「王と詩」（「シコダイVSプロ作家」　四国大学文芸クラブ　2017年5月1日）

著者
佐々木義登（ささき・よしと）

1966年徳島県生まれ。二松学舎大学卒業。二松学舎大学博士後期課程修了。博士（文学）。
2007年「青空クライシス」で第14回三田文学新人賞受賞。現在、四国大学教授。

郷里
2018年3月26日　第1版第1刷発行

著者　佐々木義登

発行者　株式会社亜紀書房
郵便番号101-0051
東京都千代田区神田神保町1-32
電話(03)5280-0261
振替00100-9-144037
http://www.akishobo.com

装丁　坂川栄治＋鳴田小夜子（坂川事務所）
装画　波多野 光
DTP・印刷・製本　株式会社トライ
http://www.try-sky.com

Printed in Japan

【若松英輔の本】

言葉の羅針盤　1500円＋税

言葉の贈り物　1500円＋税

生きていくうえで、かけがえのないこと　1300円＋税

詩集　見えない涙　1800円＋税

詩集　幸福論　1800円＋税